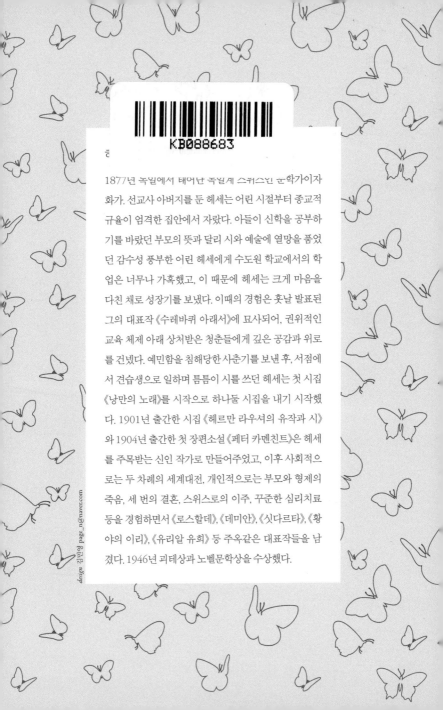

ㅎ

1877년 독일에서 태어난 독일계 스위스인 문학가이자
화가. 선교사 아버지를 둔 헤세는 어린 시절부터 종교적
규율이 엄격한 집안에서 자랐다. 아들이 신학을 공부하
기를 바랐던 부모의 뜻과 달리 시와 예술에 열망을 품었
던 감수성 풍부한 어린 헤세에게 수도원 학교에서의 학
업은 너무나 가혹했고, 이 때문에 헤세는 크게 마음을
다친 채로 성장기를 보냈다. 이때의 경험은 훗날 발표된
그의 대표작《수레바퀴 아래서》에 묘사되어, 권위적인
교육 체제 아래 상처받은 청춘들에게 깊은 공감과 위로
를 건넸다. 예민함을 침해당한 사춘기를 보낸 후, 서점에
서 견습생으로 일하며 틈틈이 시를 쓰던 헤세는 첫 시집
《낭만의 노래》를 시작으로 하나둘 시집을 내기 시작했
다. 1901년 출간한 시집《헤르만 라우셔의 유작과 시》
와 1904년 출간한 첫 장편소설《페터 카멘친트》은 헤세
를 주목받는 신인 작가로 만들어주었고, 이후 사회적으
로는 두 차례의 세계대전, 개인적으로는 부모와 형제의
죽음, 세 번의 결혼, 스위스로의 이주, 꾸준한 심리치료
등을 경험하면서《로스할데》,《데미안》,《싯다르타》,《황
야의 이리》,《유리알 유희》등 주옥같은 대표작들을 남
겼다. 1946년 괴테상과 노벨문학상을 수상했다.

매일 읽는 헤르만 헤세

Mit Hermann Hesse durch das Jahr
Volker Michels (Herausgeber)

일러두기

* 출처 글과 관련된 인물의 정보가 글의 내용 파악에 도움을 주는 경우는 인명이
  처음 등장할 때에 한하여 짤막한 인물 설명을 붙였습니다.
* 단행본 출처의 글들은 해당 단행본이 최초 출간된 해로 통일하여 표기했습니다.
* 옮긴이의 주석에는 (옮긴이) 표시를 붙였습니다.

The Daily Hermann K. Hesse

매일 읽는
헤르만 헤세

헤르만 헤세 글, 그림
폴커 미헬스 엮음
유영미 옮김

1 January

스키 휴식

높은 산비탈, 출발 준비 마치고

폴을 짚은 채 잠시 쉬어 가네.

눈부신 햇살 아래 고개 들어 멀리 바라보면

파란빛, 하얀빛으로 빛나는 세상

산들은 고독하고 얼어붙었네.

지그시 고개를 들자 첩첩 산봉우리 눈에 들어오네.

아래쪽은 찬란한 빛, 시야를 가려

굽이굽이 골짜기로 내려가는 길 어렴풋하네.

나 심장이 쿵 내려앉아

고독과 고요에 압도되어

한동안 그곳에 서있다가

비스듬한 암벽을 따라 비탈을 활강해

골짜기 쪽으로 숨 막히게 내달리네.

1912년

신년 메모지를 앨범에 끼우며

하루하루 무던하게

작은 행복을 길어내기

기쁨의 순간들을 모아

즐거운 기억의 금빛 그물망을 짜기

매시간 순전한 현재의 빛 속에

오롯이 잠기기

그러나 동시에 아름다운 전체에

늘 시선을 주기—

그리한다면 영원히 젊은이로 남으리.

1900년

인간은 고정되고 완성된, 이미 다 이루어진 존재가 아니다. 확고하고 명료한 존재가 아니다. 인간은 변화해나가는 존재이자 시도이고, 예감이며 미래다. 새로운 형식과 가능성을 향한 자연의 동경이자 작품이다.

《전쟁과 평화》, 1918년

별처럼 반짝이는 눈 위에서 웃는 태양

멀리 화환처럼 둘러선 계곡들 위에서 쉬는 구름

모든 것이 새롭다, 모든 것이 찬란하게 빛난다.

어둠도 나를 짓누르지 않고, 걱정도 사무치지

않는다.

숨이 편안하다. 호흡은 환희이며

기도이자 노래다.

영혼아 숨 쉬어라, 태양을 향해 너 자신을

활짝 열어라.

너의 시간은 유한할지니!

〈산중의 하루〉, 1915년

01
04

나는 감정이라는 마술피리로

나 자신의 음악을 연주한다오.

이런 위로가 우리에게 없었다면

우리 모두는 오래전에

목을 매달았을지도 모르지.

하지만 이렇게 나는 새해를

축하하며 계속 연주한다오.

1922년

우리는 서로를 이해할 수 있다. 하지만 한 사람의 삶의 방식을 진정으로 이해하고 해석할 수 있는 사람은 자기 자신뿐이다.

《데미안》, 1919년

01
06

바닥까지 고통을 겪어내지 않은 모든 문제는 다시 찾아옵니다.

《싯다르타》, 1922년

거부감이 드는데도 본인의 감정과 내적 지식을
거스르고 오로지 다른 사람을 위해서 무언가를
하는 행위는 좋지 않아요. 그렇게 살다가는 언
젠가 값비싼 대가를 치르게 마련입니다.

스위스의 화가·동화책 작가이자
헤세의 두 번째 아내 루트 벵거의 어머니
리자 벵거에게 쓴 편지, 1923년 3월 9일

어려운 시절에는 자연에 몰입하는 것만큼 좋은 일이 없답니다. 마지못해 자연으로 나가거나 그저 풍경을 즐기지만 말고 자연과 더불어 창조해 보세요.

오스트리아의 피아리스트 성당
마리아 트로이에 쓴 편지, 1961년 11월

01
—
09

어떤 사람들은 스스로를 완벽하다고 여기죠. 그건 그냥 스스로에 대한 기대치가 낮기 때문에 그런 거예요.

〈사랑〉, 1906년

우리는 이 땅의 나그네들이에요. 나그넷길에 종종 모자를 흔들며 인사를 하죠. 상대가 막 골짜기를 내려가 보이지 않게 되었을 때, 혹은 완전히 어둠 속으로 숨어버린 다음에 말이에요.

독일의 시인이자 공연 예술가
에미 헤닝스에게 쓴 편지, 1928년 2월 25일

쉼 없이

영혼아, 너 불안한 새야
넌 늘 이런 질문을 던지는구나.
그리도 오래 힘든 날들을 지나왔는데
언제 평화가 오냐고, 언제 안식이 깃드느냐고.

아, 나는 안다네. 우리가 땅속에서
고요한 날들을 맞이하는 순간
새로운 갈망들이 너의 모든 소중한 날들을
괴로움으로 바꾸어놓으리라는 것을.

안식을 찾는 바로 그 순간, 새로운 고통을
 얻기 위해
몸부림치게 되리라는 것을.
그렇게 안달복달
철없는 별이 되어 그 공간을
뜨겁게 달구리라는 것을.

1913년

지혜가 필요한 이유는 세상의 모든 것이 자신에게 딱 자신이 원하는 만큼만 힘을 행사할 수 있도록 하기 위함이에요. 그리고 운명을 더 이상 외부에서 주어지는 것으로가 아니라, 자기 내면의 숨결로 받아들이기 위함이죠.

스위스의 화가
야콥 플라흐에게 쓴 편지, 1918년 10월 4일

살아있는 것들, 주변에서 쉽게 만날 수 있는 것들과 친하게 지내렴. 죽은 영혼들처럼 신비에 속한 영역에 관심을 갖는 건 별 유익이 안 되거든. 그런 것들로 얻을 수 있는 것들은 우리가 약간의 사랑과 인내를 쏟을 때 자연이 우리에게 주는 선물에 비하면 아무것도 아니란다. 고양이와 함께 놀기, 불 피우기, 구름 바라보기… 이 모두가 우리가 두드리기만 하면 열리는 행복의 문이잖니.

여동생 마룰라에게 쓴 편지, 1923년 2월

실수 때문에 마음이 아픈가요? 오늘 저지른 어리석은 실수 따위야 금세 사라져요. 하지만 우리가 행한 선한 일, 잘한 일 들은 영원히 남습니다.

엔슬린 & 라이블린 출판사에게 쓴 편지,
1915년 12월 8일

고요히 눈을 감는다.

눈이 소복이 쌓인 나무 한 그루가 보인다.

홀로 선 나무는 원하는 걸 가졌다.

자신의 행복, 자신의 아픔을.

눈 속에서 나의 나무를 찾는다,

그 나무가 가진 걸 갖고 싶다.

나 자신의 행복, 나 자신의 아픔을….

이것이 영혼을 배부르게 하리라.

〈콘서트〉, 1919년

어떤 사람들은 자신감이 아주 충만해 보이죠. 실제보다 더 자신 있어 보이고요. 하지만 남과 함께 있을 때 그렇게 자신감 넘치고 용기백배한 사람들을 한동안 홀로 역경 속에 둔다면 어떨까요? 아마 많이 달라질 겁니다.

미지의 독자에게 쓴 편지, 날짜 미상

어떤 분야든 좋으니 한번 진정으로 봉사하고 진심으로 헌신해보세요. '나'를 생각하는 대신에 그 일을 생각하세요. 이것이 허무함과 황량함에서 벗어날 수 있는 유일한 길입니다.

〈어느 젊은 독일인에게〉, 1950년

새 집으로 이사하며

어머니의 몸에서 나와
땅에서 썩어질 운명을 안고
인간은 당혹스레 서있네.
신들의 기억 아직도 그의 이른 아침 꿈에 스치네.

이제 인간은 신에게 등을 돌리고 땅으로 향하네.
일하고 애쓰네.
자신의 고단한 삶의 시작과 끝을 생각하며
허무해하고 불안해하면서도

그는 집을 짓네, 집을 꾸미네.
벽을 칠하네, 장롱을 채우네.
친구들과 잔치를 벌이고 현관 앞에는
미소 짓는 사랑스런 꽃을 가꾸네.

1931년

산의 정령

강한 정령이 산 위에
히얀 손을 넓게 펼치도다.

그 얼굴 어마어마한 광채를 발하나
나 두렵지 않으니
그는 내게 아무 짓도 하지 못하리라.

검은 협곡에서 나 그를 느꼈노라,
높은 봉우리에서 그의 옷자락을 만졌노라.

나, 깜박 잠든 그를 깨우기 일쑤였고
삶과 죽음 사이에서 당돌한 장난을 쳤노라.

내 마음 한참 괴로울 때면
정령은 나와 함께 조용히 꽁꽁 얼어붙은 길을
 걸어주었도다.

나 평화를 되찾을 때까지

자비로이 나의 이마에

서늘한 손을 대어주었도다.

〈고산 지대의 겨울〉, 1902년

우리의 영혼이 스스로를 자각하고, 살아있음을 느끼게 만드는 모든 동력은 사랑이다. 따라서 많이 사랑할 수 있는 자는 행복하다. 그러나 사랑과 욕망은 같지 않으니, 사랑은 한결 지혜로워진 욕망이다. 사랑은 소유하려 하지 않는다, 다만 사랑하려 할 뿐.

〈마르틴의 일기〉, 1918년

구름

구름이 고요한 배처럼
내 위로 지나가네,
부드럽고 놀라운 색채의 베일로
놀랍게 나를 만지네.

푸른 대기에서 피어오른
고운 색깔 아름다운 세상
신비스런 매력으로
자꾸 나를 사로잡네.

지상의 모든 것으로부터 해방되어
반짝이는 맑고 가벼운 물거품들
혹시 너희는 오염된 땅이 그리는
아름다운 고향의 꿈이 아닐까?

1904년

우리는 낙원에서 내쫓긴 후에야 비로소 그곳이

낙원이었음을 깨닫는다.

스위스의 화가이자 그래픽 아티스트

《에른스트 무르겐탈러》(회고록), 1936년

01
—
23

모든 것을 존중해야 합니다. 알고 보면 모든 게
다 설명이 되고 이해가 되기 때문이죠.

《유리알 유희》, 1943년

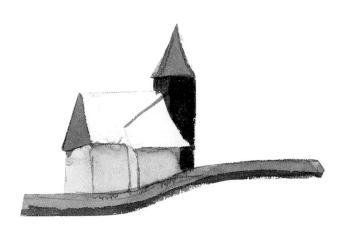

나는 확고하고 완결된 가르침을 대변하지 않아요. 나는 만들어져가는 사람이며, 변화해가는 사람입니다. 그래서 내 책들엔 '누구나 혼자다'라는 이야기 말고도 또 다른 이야기들이 나오지요. 예컨대 《싯다르타》는 전체가 사랑 고백입니다. 같은 고백이 나의 다른 책들에도 나오고요.

R. B.에게 쓴 편지, 1931년 5월 4일

세상을 꿰뚫어 보고 무시하는 것은 위대한 사
상가들의 일이겠지요. 하지만 나는 오직 세상을
사랑할 수 있을 뿐, 세상과 나와 모든 존재들을
사랑과 경탄과 존경을 담아 바라볼 수 있을 뿐.

《싯다르타》, 1922년

01
26

연한 것이 딱딱한 것보다 강하고, 물이 바위보다 강하며, 사랑이 폭력보다 강하다.

《싯다르타》, 1922년

작가가 하는 일은 상황에 맞추어 현실을 미화시키는 것이 아니라 현실을 뛰어넘어 아름다움과 사랑과 평화의 가능성을 보여주는 일입니다. 이런 이상들은 결코 완전하게 실현될 수 없지요. 폭풍이 휘몰아치는 바다 위에 떠있는 배가 결코 이상적인 항로를 유지할 수 없는 것과 마찬가지로요.

〈독일 출판협회에서 수여한 평화상에 대한 감사의 말〉,
1955년

01
28

승리는 늘 사랑하고 인내하고 용서할 줄 아는
사람의 몫이었습니다. 더 많이 알고 혹평하는
사람이 아니라요.

독일의 지휘자이자 음악 교수
카를 마리아 츠비슬러에게 쓴 편지, 1932년 5월 말

세찬 눈보라, 앞에서 불어와 나를 홱 낚아채고

빠르게 달리던 썰매, 날카롭게 삐걱대네.

맞은편엔 우뚝 솟은 아이거 봉우리*,

구름에 감싸여 흐릿하네.

아직 내 안에 잠들어있던 병마의 찌꺼기를

나는 손으로 힘껏 잡아채었네.

그러고는 웃으며 냅다 던져버렸네.

저 깊고 가파른 곳으로

저 아래 눈 덮인 대지로.

〈썰매놀이〉, 1902년

---

* (옮긴이) Eiger. 서알프스 베르너 알펜의 봉우리 중 하나로, 절벽 형태인 1800미터 높이의 북쪽 암벽은 알프스에서 가장 험난한 3대 등정로(속칭 3대 '북벽') 중 한 곳으로 유명하다.

식물 채집통을 멘 헤르만 헤세, 만 세 살경. 1880년.

나는 때로 행복한 사람들을 숨은 현자로 여긴
다. 그들이 아는 것이 크게 없어 보여도 말이다.
스스로를 잘나고 똑똑하다고 여기는 것만큼 자
기 자신을 불행으로 이끄는 어리석고 해로운 일
이 또 뭐가 있을까?

〈마법사의 어린 시절〉, 1923년

고통 중에도 무언가를 창조하는 건 늘 행복한 일입니다. 이것이야말로 내게 있는 유일한 행복의 능력인 것 같네요. 나의 삶을 아름답고 다채롭고 풍성하게 만들어준 것은 나의 일, 즉 무언가를 만들어내는 기쁨입니다.

요제프 엥글레르트에게 쓴 편지, 1920년 5월

6. Febr. 33 morgens 9

2 February

불꽃

누추한 옷을 입고 춤을 추든

걱정으로 마음이 짓무르든

그대는 매일 새롭게 기적을 경험할지니

생명의 불꽃이 그대 안에서 꺼지지 않고 빛나리라.

어떤 이들은 황홀한 순간에 취해

불꽃을 마구 타오르게 하며 낭비해버리지.

어떤 이들은 세심하고 평온하게

자녀와 손주들에게 불꽃을 전달한다네.

하지만 답답하고 흐리멍덩하게 인생길을 걷는 자

그날의 괴로움으로 배를 불리는 자

생의 불꽃을 결코 느끼지 못하는 자,

이런 이들의 날들은 잃어버린 것이라네.

1910년

전쟁과 혐오로 가득한 시절 속

한 줌 바보 같은 즐거움.

우울한 다툼 한가운데에서 피어난

힌 옮름의 명랑함.

1914년

02
02

화요일에 할 일을 절대 목요일로

 미루지 않는 사람은

정말 안됐어. 그렇게 미루고 나면

수요일이 얼마나 달콤한지

정말 모를 테지.

1947년

유머는 이상과 현실을 이어주는 중재자이다.

《뉘른베르크 여행》, 1925년

02/**04** 어리석음의 면전에서 조금 더 지혜로운 사람이 사용하는 무기는 다름 아닌 유머란다.

1935년에 먼저 세상을 뒤로한 남동생
한스 헤세*에게 쓴 편지, 1950년

* Johannes(Hans) Hesse(1882 – 1935). 헤세와 마찬가지로 힘들었던 학창시절의 기억에 평생 괴로워하다가 스스로 삶을 마감한 헤세의 남동생. 《수레바퀴 아래서》에서 헤세가 자신을 투영한 인물로 알려진 한스의 이름은 이 동생의 이름에서 따온 것이다.

02
05

세상은 아주 재미있는 곳이에요. 그저 우리가
세상을 너무 심각하게 여길 뿐이죠.

독일의 문헌학자
오토 바슬러에게 쓴 편지, 1940년 3월 1일

이별

이별을 한다는 것은 내가 사랑했던

 작은 땅들에

쓰디쓴 잡초가 자란다는 것

내가 공들여 가꾼 그 어떤 장소도

고향이 되지는 못한다는 것

고향 같은 평화를 주지는 못한다는 것.

고향은 내 마음속에 만들어야 하리.

모든 다른 고향은 빠르게 시들어가나니

내가 사랑을 주었던

모두가 머지않아 나를 홀로 남겨두나니.

1920년

잃어버린 소리

옛날에 어린 시절에

난 초원을 따라 걸었어.

그때 조용히

아침 바람 속에 노래가 실려왔지.

파란 공기 속의 음률

아니 아니 향기, 그건 꽃향기.

그 향기는 달콤했고,

내 어린 시절 내내

그치지 않았어.

그 뒤 의식하지 못하고 살았는데—

요즘 들어서 말이야,

내 가슴속에서 다시

그 향기가 슬그머니 울려 퍼지지 뭐야.

그 향기, 그 울림.

그러자 어떻게 되었는지 알아?

이젠 온 세상이 아무래도 좋아.

이 세상의 행복한 자들과 내 운명을

바꾸고 싶지도 않고

그냥 귀 기울이고 싶을 뿐,

가만히 서서 귀 기울이고 싶을 뿐.

향기 나는 소리들이 어떻게 흐르는지

그것이 정말 옛날의 그 울림인지.

1917년

내 머릿속에 바흐와 하이든의 모든 작품이 들었고, 내가 그에 대해 유식하게 떠들어댈 수 있다고 한들 누구에게도 득이 되지 않는다. 하지만 내가 트럼펫을 들고 경쾌하게 연주하면, 연주가 훌륭하든 보잘것없든, 사람들에게 기쁨을 줄 수 있다. 그 연주는 사람들의 다리에 스며들어 핏줄을 타고 흐를 것이다. 중요한 건 바로 이거다.

《황야의 이리》, 1927년

유머란 지속적이고 깊은 아픔 속에서만 만들어지는 결정체다. 건강한 사람들은 유머를 들으면 무릎을 치며 박장대소한다. 그러다가 간혹 아주 인기 있고 성공한 희극배우 아무개가 대체 무슨 영문에선지 심한 우울증으로 물에 뛰어들어 자살했다는 소식을 들으면 어리둥절하고 당혹스러워한다.

《뉘른베르크 여행》, 1925년

방랑자의 노래

파도가 넘실대고, 샘이 용솟음친다.

헤피리는 물결에 떠밀려 다니고

우리는 세상을 떠돌아다닌다.

오직 방랑만이 우리 마음에 흡족하기에.

우리는 방랑을 해야 하기에 방랑하는

 것이 아니라

방랑을 원하기에 방랑을 하지.

덕을 세우기 위해 순례하는 자들은

방랑의 막강한 힘을 알지 못하리.

그 힘은 방랑이 좋아 방랑하는 모든 이들을

다스리고 인도한다네.

1952년

삶은 심각한 사건이나 깊은 마음의 동요 곁에
우스운 일을 끼워 넣기를 좋아하지.

앨범 메모, 날짜 미상

우리 안에 짐승이 존재하지 않는다면 우리는 거세된 천사일 거야.

독일계 스위스인 작가이자
알베르트 아인슈타인의 첫 전기 작가
카를 젤리히에게 쓴 편지, 1919년 가을

02
13

그대에게 수고양이가 있다면

수고양이는 밤마다 헛간에서 노래할 것이다.

그대에 암고양이가 있다면

암고양이는 곧 새끼들을 갖다 바칠 것이다.

〈이달의 금언〉, 1906년

대단한 희극배우가 나올수록, 그가 통쾌하고 허를 찌르는 유머로 우리의 어리석음을 웃음거리로 삼을수록 사람들은 더욱 깔깔대고 웃는다! 사람들은 웃는 걸 정말로 좋아한다! 그래서 추운 날씨에도 집에서 멀리 떨어진 시내까지 한달음에 달려가 돈을 지불하고는 한참을 기다려 공연을 본 뒤, 비로소 자정이 다 되어 집으로 돌아온다. 그저 잠시 웃어보자고 하는 일들이다.

《뉘른베르크 여행》, 1925년

군터 뵈머의 펜화, 1950년경.

02
15

수준 높은 유머는 자신을 웃음거리로 삼는 데에서 비롯된다.

《황야의 이리》, 1927년

이 세상, 이 구질구질한 세상 대신

나는 무한에서 살고 싶다네.

겁에 질려 서로를 피해 다니는 대신

평행선마서 서로 만나는 그곳에서.

1925년

'아티스트'가 소위 '예술가'보다 앞서는 점을 꼽
자면, 아티스트는 절대적으로 무언가를 할 수밖
에 없다는 거야. 안 그러면 먹고살 수가 없기 때
문이지.

아들 하이너에게 쓴 편지, 날짜 미상

예술의 본질은 현실을 예술로 승화시키고 자연의 은밀한 속내를 들추어내는 것이다. 그러한 의미를 찾아내거나 지어내는 것은 태곳적부터 있어온 인간의 욕구다.

스위스의 화가
〈에른스트 크라이돌프의 50세 생일에〉, 1913년

오늘날 개성이 있다고 일컬어지는 작품들의 언어 기예는 그 창작자의 머리가 채 희어지기도 전에 구닥다리가 될 겁니다.

스위스의 독일어 학자이자 작가 겸 문학 편집자
후고 마티에게 쓴 편지, 1934년 1월

어딘가에

광야 같은 인생길 고달프게 헤매이는 나

무거운 짐 지고 신음하는 나

그러나 알아요,

어딘가에, 거의 잊혀진 곳에

예쁜 꽃 만발한, 그늘지고 시원한 정원 있음을

그러나 알아요,

어딘가 먼 꿈속에

내 영혼의 고향, 안식처 기다리고 있음을

단잠과 밤과 별이 기다리고 있음을

알고 있어요.

1925년

산업과는 달리 예술에서는 시간이 아무런 역할을 하지 못합니다. 결과적으로 최고로 강렬하고 완성도 높은 작품을 배출할 수만 있다면 잃어버린 시간이란 없는 셈이죠.

스위스의 사업가이자
예술품 수집가·예술 활동 후원자
게오르크 라인하르트에게 쓴 편지, 1924년 6월 5일

02
22

연필로 끄적인 고작 여섯 개의 선, 혹은 고작 네 줄짜리 시와 같은 아주 소소한 예술 작품들도 또한 불가능에 도전하는 당돌하고 맹목적인 시도다. 총체성의 추구이자 카오스를 호두 껍질 속에 채워 넣고자 하는 예술혼이다!

일기, 1920년-1921년

재의 수요일* 아침

오, 여태껏 이렇게 잘 잤던 적은 없었네!

비록 침대는 없었지만

베고 잘 것이라곤 금발 여광대의

뾰족한 모자뿐이었지만.

내 방은 바람 한가운데 서서

얼어붙은 보리수나무.

나는 그의 딱딱한 줄기에서

아주 부드러운 꿈을 꾸었다네.

이제 나, 깨어나 정말 기쁘다네.

불쌍하고 바보 같은 피에로에게

어쩌면 이렇게 행복한 모험이

과분하게도 종종 일어나는지.

1907년

* Ash Wednesday. 기독교에서 부활절을 준비하는 사순절
이 시작되는 첫날로, 사순 일주일 전 수요일을 말한다.

칼프에서 찍은 가족사진, 왼쪽 나무 둥치 위에 앉은 아이가 열두 살의 헤르만 헤세. 1889년.

저녁 파티

나를 초대해주었지.

이유는 알지 못했네.

홀은 다리가 날렵한 신사들로

북적였네.

이름 날리는 신사들

명성이 자자한 분들이었네.

어떤 이는 드라마를,

어떤 이는 소설을 쓰는 사람들이었다네.

경박한 몸짓에

어찌나 목청껏 소리를 높이던지

나도 작가라 말하기가

창피했네.

1912년

예술이 풍요와 행복, 만족과 조화에서 탄생한다는 건 말도 안 되는 근거 없는 가정이다. 인간의 다른 모든 업적이 고통과 힘든 압박에서 탄생하는데 예술이라고 어떻게 예외일 리가 있겠는가?

〈문학과 비평에 대한 메모들〉, 1930년

우리가 음악을 연주하면 간혹 누군가가 오해하고 우리의 모자에 동전을 던져 넣어요. 우리 음악이 교훈적이거나 도덕적이거나, 혹은 영리하다고 생각하기 때문이죠. 그게 그저 음악에 불과했다는 걸 알았다면 그냥 지나가서 동전을 아낄 수 있었을 텐데 말입니다.

에미 헤닝스에게 쓴 편지, 1928년

어쨌거나 우리 같은 족속들에게 편집자는 적대적인 존재죠. 아무리 그들이 우리가 뭘 쓰든 별 관심이 없다는 걸 표시 내지 않는다 해도 말이에요. 그들은 오히려 우리가 어떻게 써야 할지 넌지시 알려주고, 우리가 그대로 써주기를 원한답니다.

독일의 저널리스트이자 작가
하인리히 비간트에게 쓴 편지, 1933년 1월

나는 결코 무언가를 '의뢰받아서' 쓰지 않아요. 그리고 나로서는 작가나 예술 애호가들이 잘 알지도 못하는 어떤 예술에 대해서 이러쿵저러쿵 평가하고 훈수를 두는 것보다 더 견디기 힘든 일도 없답니다.

요제프 폰 빈츄거에게 쓴 편지, 1944년 8월 30일

휘파람

내가 참으로 좋아하는 피아노와 바이올린
하지만 그런 악기들을 다루어볼 기회는
거의 없었다오.
이제껏 분주히 쫓기며 살다 보니
내겐 휘파람 기술을 익힐 정도의 시간만이
허락되었지.

아직 스스로를 휘파람의 대가라 부를 주제는
아니라오.
예술은 길고 인생은 짧도다.
하지만 휘파람의 묘미를 모르는 이들을 보면
못내 안쓰럽다오. 나는 휘파람에게
받은 것이 많으므로.

그래서 오래전부터 속으로 마음을 먹었지.
이 기예를 조금씩 조금씩 더 키워가겠노라고.

그렇게 마침내 나를, 당신들을, 세상을

휘파람 불듯 날려버리는 데까지 이르기를

바랄 따름이오.

1927년

3 March

삼월의 태양

노랑나비 한 마리
때 이른 더위에 취해 비틀거리고
창가에 앉아 쉬던 한 노인
솔솔 오는 졸음에 못 이겨 자꾸만 허리가 굽는구나.

한때는 그도 봄 잎사귀 사이를 지나
콧노래 부르며 나들이 다녔건만
나풀거리는 머리카락에 뽀얀 먼지 맞아가며
온 거리를 활보했건만.
오늘도 꽃이 핀 나무와
나비, 저 노랑나비들은
늙지도 않는 듯
예전과 다름이 없어 보이는구나.

하지만 색과 향기는

더 흐릿하고 옅어졌으며

빛은 더욱 서늘해지고 공기는

무겁게 가라앉아 숨을 쉬기가 힘들구나.

봄이 나지막이 콧노래를 부르네,

그의 노래, 그 사랑스러운 노래를.

하늘은 희고 푸르른 빛으로 춤추고

나비들은 금빛 날갯짓을 하며 날아가는구나.

1948년

대중은 기묘한 방식으로 유명인들에 대해 자기의 권리를 주장한다. 유명인이 신동이건 작곡가건, 작가건 강도건 가리지 않는다. 누군가는 사진을 요청하고 누군가는 자필 원고를 요구하는가 하면, 또 누군가는 돈을 구걸한다. 젊은 작가들은 하나같이 내게 엄청난 아첨을 늘어놓으며 대뜸 자기 작품을 보내고는 비평을 청한다. 만약 거기에 답을 하지 않거나 솔직한 의견을 말하면, 여태껏 나를 떠받들던 이가 느닷없이 무례해지며 복수심을 불태우기 시작한다.

《게르트루트》, 1910년

03

02

세상은 작가에게 작품과 생각이 아닌 연락처와 사생활을 원한다. 그들을 숭배했다가 다시 내팽개치기 위해서, 치장해주었다가 다시 발가벗기기 위해서, 향유했다가 다시 침을 뱉기 위해서.

《뉘른베르크 여행》, 1925년

03
03

기념일을 정하거나 기념식을 열어서 어떤 대상을 유명하게 만드는 것은 순수정신적인 기능을 사회적 기능으로 번역하려는 시도입니다. 혹은 정신적인 성취를 내중의 공식, 양의 공식과 한데 묶어 통합하려는 시도지요.

아르투르 슈톨에게 보내는 편지, 1937년 1월 27일

수상자 입장에서 시상식에 참석하고 상을 받는 것은 그다지 즐겁거나 축제처럼 여겨지는 일이 아닙니다. 마땅히 누려야 하는 권리라고 느끼지도 않지요. 그런 것들은 유명세라 불리는 아주 복잡하고, 대부분 오해에 근거하는 현상을 이루는 작은 부분들일 뿐이에요. 공적인 세계가 사적인 세계의 성취 앞에서 당혹스러움을 감추기 위해 벌이는 일들입니다.

〈감사의 말과 도덕적 고려 사항〉, 1946년

테신*의 겨울

나뭇잎 지고 숲이 훤해진 이래로
세상의 모습은 얼마나 달라졌는지.
여기는 너르고, 저기는 빽빽하고
모든 것이 새롭고 칙칙하고 탁 트였다.

산은 연보라색 너울을 드리우고
저 멀리 쌓인 눈은 유리처럼 반짝인다.
풍경을 그리는 모든 선이 한층 자유로이 노닐고
호수는 한층 더 가깝고 크게 다가온다.

절벽의 남쪽 비탈엔
따스한 햇살, 온화한 바람,
대지는 벌써 봄기운 가득 실은 향기를
들이마신다.

1920년

* 스위스 남부에 위치한 티치노 지역.

03
—
06

예술에는 추앙이 따르고
추앙은 예술가를 망친다.

연대 미상의 앨범 쪽지

03
07

미학을 교육 수단으로 삼겠다는 건 형법 없는

입법인 셈이라네!

카를 이젠베르크에게 쓴 편지, 1897년 6월

예술가가 정신질환자보다 더 유리한 점은, 그의 정신착란은 감금의 이유가 되지 않고 오히려 예술적 산물의 원천으로 중요하게 여겨진다는 것입니다.

막스 실버에게 쓴 편지, 1936년

봄

그가 다시 성큼성큼 흙길을 걸어온다,
폭풍 걷힌 산 아래로.
그 아름다움 다가오는 곳에
다시 사랑스런 꽃이 부풀어 오르고
새들의 노래 피어난다.

다시 그는 내 감각을 유혹한다.
이렇듯 부드럽게 피어나는 순수함 속에 있으면
내가 손님으로 온 이 땅이
내 것 같고, 사랑스런 고향 같다.

1907년

7/24   30. März 1925

우리는 때때로 신이 되어 전에 없던 것들, 한번 배출된 뒤에는 우리 없이도 계속 생명력을 유지할 수 있는 것들을 창조할 수 있다. 소리와 말, 다른 별것 아닌 소재로 의미와 위안, 박애로 가득한 작품과 노래와 선율을 만들어낼 수 있다. 우연이나 운명의 천박한 유희보다 훨씬 아름답고 불멸하는 것들을 말이다. 우리는 현실 생활에 마음을 빼앗겨 전전긍긍하기 십상이지만 마음을 닦고 수양하여 마음이 우연을 능가하는 삶을 살아갈 수 있다.

《게르트루트》, 1910년

내 생활은 여느 작가들의 삶과 비슷합니다. 창

작하는 동안엔 아주 아름답지만 나머지 시간은

대부분 견디기 힘들지요.

독일의 작가
빌헬름 슈센에게 쓴 편지, 1930년

예술과 불꽃놀이의 차이는, 진정한 예술 작품은
우리 안에 무언가를 남긴다는 점입니다. 그것이
우리 고유의 경험과 개성, 깊이 새겨진 유년의
기익, 사사로운 꿈 들과 섞여 우리의 정신생활
에 새로운 빛깔을 입혀주지요.

《스위스 시인》서평. 1914년 3월

예술을 하는 것의 가장 멋지고 좋은 점은 바로 예술가가 자신의 행위에서 즐거움을 누린다는 것입니다. 언어를 가지고 유희하는 일에서, 자신의 생각과 경험적 지식을 요리조리 시험해보는 일에서 말이에요. 글로 정리해보면 생각과 경험의 가치를 알 수 있어요. 독자층이 있어 자신의 책을 출판하는 전문 작가든, 그냥 개인적으로 글을 쓰는 아마추어 작가든 이런 즐거움을 누리는 건 매한가지지요.

독일의 화가이자 그래픽 아티스트
하인리히 키퍼에게 쓴 편지, 1955년 3월

우리 예술가들의 경우는 약간 과장하면 이렇게 말할 수 있어. 예술 작품의 가치는 그 작업이 창작자에게 선사한 재미의 정도에 비례한다고 말이야. 훗날까지 남아서 영향력을 행사하는 것은 우리가 계획하고, 심사숙고해서 애써 만들어낸 무언가가 아니라 멋진 표현들, 번뜩이는 아이디어들, 순간적으로 스쳐 가는 작은 매력들이지. 마치 모차르트의 오페라에서 가치를 지니는 것은 작품의 줄거리나 도덕적 메시지가 아니라 표현 방식과 멜로디, 신선함과 우아함이고, 음악적 주제가 이들과 더불어 흐르고 변화하는 것처럼 말이야.

헤르만 헤세의 외사촌
프리츠 군데르트에게 쓴 편지, 1942년 1월 27일

나는 연구하고 해석하는 일에는 반대하지 않습니다. 다만 이성만을 앞세워 자기 안의 천진함을 질식시키고 몰아내려는 자세에는 반대합니다.

독일의 작가이자 작곡가, 음악교육가
유스투스 헤르만 베첼에게 쓴 편지, 1956년

우리 작가들이 왜 그렇게 이론까지 철저히 갖춘 선수들이 되어야 하는지 정말이지 잘 모르겠습니다!

독일의 작가
빌헬름 셰퍼에게 쓴 편지, 1910년 2월 1일

누군가가 위대한 학자인 동시에 비중 있는 작가가 되었다면 드물게 운이 좋은 사람이라 할 것입니다. 위대한 작가 특유의 격정과 창작을 즐기는 면모는 학자 특유의 신중함, 수집가 특유의 강한 인내심, 비평가 특유의 불신에 질식당해 대개는 남아나지 않으니까요.

《문화와 예술의 책들》에 대한 서평, 1934년 5월

엄청나게 급진적인 사람에게는 대체로 교수보다 예술가를 내 편으로 만드는 일이 더 쉬운 법이다.

〈예술가와 정신분석학〉, 1918년

03
19

나중까지 남는 것은 의미가 깃든 상징이다. 사
물을 그대로 모사한 상은 결코 남지 않는다.

《녹색의 하인리히》를 읽다가 든 생각〉, 1907년 3월 예술가는 사회성이 좀 부족한 경우가 많고, 이런 모자람을 작품으로 대신 지불한다. 예술가가 작품을 위해 희생하는 것들은 예의 바르고 평범한 시민이 희생할 수 있는 것들과는 비교가 안 된다. 이것은 결국 모든 이에게 유익이 된다.

한스 호델에게 쓴 편지, 1961년 5월 27일

03
21

우리 같은 지식인, 예언자, 광대, 그리고 미래를
꿈꾸는 자 들은 내일을 위해 나무를 심는 사람
들입니다.

〈살인하지 말라〉, 1919년

사람들이 서로 경험을 공유하고, 경험을 통해 얻은 깨달음을 나누는 일은 결코 멈추지 않을 것이다. 또한 그중에는 자기가 경험한 일들로부터 세상의 오래된 법칙을 깨닫고, 그 경험을 세상의 법칙을 드러내는 상징이자 표현 도구로 삼는 사람들도 있을 것이다. 일시적인 것에서 영원한 것을, 변화와 우연의 산물에서 신성과 완전성의 흔적을 보는 사람들 말이다.

《더 새로운 이야기문학》에 대한 서평, 1904년 9월

나는 예술가의 눈으로 세상을 봐요. 사고는 최소한 민주적으로 한다고 생각합니다. 하지만 느끼고 향유하는 면에서는 철저히 귀족적이죠. 다시 말해 모든 면에서 양이 많은 것보다는 질이 높은 것을 더 좋아합니다.

쿠르트 샤어에게 쓴 편지, 1951년 1월 9일

작가와 사상가들이 아첨을 일삼지 않고 용기 있게 자기 목소리를 낼 수 있는 한, 어떤 민족 공동체 안에서든 그들은 가장 고귀한 동시에 가장 위험한 본보기가 된다. 쉽게 따라 할 수 있는 틀에 박힌 의무와 견해를 제시하기보다는 정반대로 고독의 길, 자신의 양심에 따라 사는 길을 제시하기 때문이다.

《시인의 생각》 머리말, 1918년 3월

삼월

초록 새싹 뒤덮인 언덕엔

벌써 제비꽃 푸르름 울려 퍼졌네.

오직 검은 숲 가장자리에만

삐죽삐죽한 혀들처럼 아직 눈이 남았네.

눈은 방울방울 녹아

목마른 대지를 적셔주고

저 위 빛바랜 하늘에는

양떼구름 반짝이며 무리 지어 흐르네.

사랑에 빠진 피리새들의 지저귐, 덤불 속에

녹아드네.

사람들아, 그대들도 노래하고

서로 사랑하시게나!

1921년

Ostermontag 1924. 21. April

03
―
26

영혼아, 슬픔일랑 그만 내려놓거라,

비록 태양이 여전히 우리를 속일지라도!

보아라, 농부들도 활기를 띠며

즐거워하지 않느냐.

〈이달의 금언〉, 1906년

미래는 절망적인 것들을 보고 그냥 질끈 눈을 감아버리는 사람들을 통해서 오지 않는다. 독자들이 숨겨진 심연을 보게 만들고, 의식하게 만드는 일이 바로 문학작품이 해야 할 일이다.

《프란츠 카프카 전집》에 대한 서평, 1935년 3월

좋아하는 나무나 꽃을 식물학 교과서에서 발견했나요? 그렇지 않을 거예요. 그처럼 좋아하는 책들 역시 문학사나 이론적 연구를 통해 만나거나 발견하지는 않았을 겁니다.

〈책에 관하여〉, 1903년

03
29

독일인들은 문학적 요구수준이 낮은 민족이다. 자신의 언어를 말이나 글을 통해 제대로 구사하는 사람이 만 명 중 한 명도 안 되니 말이다. 독일어를 못해노 장관이나 대학교수가 되는 데 하등 지장이 없다.

〈문학과 비평에 대한 메모들〉, 1930년

03
30

문학은 단순히 삶을 모사하는 것이 아니라, 우연한 것들을 엮고 정제하고 종합하여 보편타당한 것으로 승화시키는 행위입니다.

마리-루이즈 뒤몽에게 쓴 편지, 1929년 2월

문학은 소재나 내용으로만 이루어지지 않는다. 소재가 예술적인 연금술을 거쳐 형식으로 변화하고, 흐름과 멜로디로 승화될수록 문학은 더욱 더 문학다워진다.

스위스의 작가이자 번역가
루돌프 야콥 훔의 《섬들》에 대한 서평, 1935년 12월

4 April

귀 기울이기

소리는 아주 부드럽게, 숨결은 아주 새롭게
칙칙한 하루를 통과한다.
새들의 날갯짓처럼 수줍게
봄 향기처럼 은은하게.

인생의 아침 시간으로부터
기억들이 불어와
바다 위에 쏟아지는 은빛 소나기처럼
한바탕 떨고 지나간다.

오늘에서 어제까지는 너무나 멀어
오래 망각에 가깝다.
먼 옛날, 동화 같았던 시절,
열린 정원이 그곳에 있다.

오늘 천 년간 안식하던

나의 먼 조상이 깨어나

내 음성으로 이야기했는지도

내 핏속에서 따뜻해졌는지도.

전령 하나 바깥에 서있다가

곧 내게로 들어올까,

하루가 지나기 전에

나 집에 있게 될까.

1944년

04

01

이제 눈을 채비시키고

마음에 소망을 품으세요.

봄은 삼월까지는 당신을 속였어요.

이제 진짜 봄이 옵니다.

〈이달의 금언〉, 1906년

우리 시대에 진심으로 절망하고, 혼돈을 두려워
하는 작가들은 충분하다. 그러나 그러한 혼란을
딛고 일어나 버틸 만큼 믿음과 사랑이 충만한
작가는 별로 없다.

《내가 친구들에게 추천하는 두 권의 책》서평,
1935년 1월

처음 피어난 꽃들

요 개울가에

붉은 버드나무 곁에

요 며칠 사이

노란 꽃들 잔뜩

금빛 눈이 반뜩

순진무구함을 잃은 지 오래인 나의

저 바닥에 있던 기억들

내 인생의 금빛 아침 시절의 기억들

꿈틀꿈틀 되살아나

꽃의 눈을 통해 환히 나를 바라보누나.

꽃을 꺾으러 갔던 나

그저 다 뒤로하고 이제 나

그 늙은 남자는 집으로 돌아가네.

1912년

알다시피 노쇠해가는 이데올로기들을 옹호하려는 사람보다 더 형편없는 글을 쓰는 사람은 없다.

《황야의 이리》, 1927년

사월의 밤에 적다

오, 색깔이 있네
파랑, 노랑, 하양, 빨강, 초록!

오, 소리가 있네
소프라노, 베이스, 호른, 오보에!

오, 언어가 있네
어휘, 싯구, 운율,
부드러운 울림,
문장 구조의 행진과 춤!

색깔과 소리와 언어로 유희하는 자,
그들의 마법을 맛본 자
그에게 세상은 피어나리니
그에게 세상은 미소 짓고
자신의 속내를, 그 뜻을 내어 보이리라.

그대가 사랑하고 추구했던 것,

그대가 꿈꾸고 경험했던 것

그것이 기쁨인지 고통인지

아직도 확신하는가?

솔 샤프와 라 플랫, 미 플랫 혹은 파 샤프—

이것들을 구분해 들을 수 있는가?

1962년

분명하고 명백한 형식을 저버리고 이해할 수도 없는 상태에서 독창성을 추구하는 것, 그건 예술이 아니다.

에세이 〈에두아르트 뫼리케에 대하여〉, 1904년

04
07

작가의 책들엔 설명도 변호도 필요 없어요. 책들은 오래오래 인내심 있게 기다릴 수 있거든요. 좋은 책들 대다수는 그 책들에 대해 이러쿵저러쿵 왈가왈부하는 사람들보다 훨씬 더 오래 살아남는답니다.

에리카 빌러에게 쓴 편지, 1951년 3월

나는 내가 읽는 모든 것에서 살아있는 무언가,
나에게 자극이 되어주는 무언가를 찾아내고 이
해하려고 합니다. 그게 잘 안 될 때는 내 탓을 하
곤 하지요. 비평을 하려면 보다 더 용기가 있어
야 하거나 몰인정해야 하는 법이니까요.

독일의 시인이자 미술사가
발터 위버바서에게 쓴 편지, 1920년경

04
09

모든 문학작품의 가치를 보다 확실하게 알아보는 것은 '민중'입니다. 작품 본연의 가치, 즉 작품이 가진 언어적 힘에 관해서는 어문학적, 미학적 분석을 하는 전문가들보다 민중의 판단이 더욱 확고하지요. 그러다 보니 지식인들의 혹평보다는 '민중'의 혹평이 더 뼈아프게 느껴집니다.

P. H. 바르덴에게 쓴 편지, 1949년-1950년

'개별 독자'들은 유려한 언어로 의견을 개진하지는 못해요. 하지만 그들의 판단은 지식층이 내어놓은 뜬구름 잡는 비평보다 훨씬 더 분별력이 있어요. 지식층의 공식적 비평은 다행히 생각만큼 그렇게 강력한 영향력을 행사하지는 않습니다.

게오르크 에어하르트에게 보내는 편지, 1955년 7월

어떤 작품을 '고전'으로 엄선해내는 것은 대중 독자들의 몫이지, 학문이 할 수 있는 일이 아니다. 학문은 여러 영역에서 대중에게 한참 뒤진다.

독일의 문학사 및 문화사학자
라인하르트 부흐발트에게 쓴 편지, 1912년경

예술과 문학에 관해 이러쿵저러쿵 유식한 말을 늘어놓고 해박한 척하는 것은 시합이자 그 자체로 목적이 되었다. 비판적인 분석을 통해 예술과 문학을 소화하고자 하다 보니 예술과 문학에 몰입하는 능력, 보고 듣는 기본적인 능력은 굉장히 손상되었다. 시나 산문에서 사상이나 경향, 교육적이고 유익한 내용만 취하는 것으로 만족하는 사람들은 실은 아주 적은 것들로 만족하는 것이다. 그렇게 하는 가운데 예술의 비밀, 그 고유한 본연의 가치는 상실된다.

〈카프카 해석〉, 1956년

해석은 지성의 유희이자 종종 아주 멋진 놀이다. 똑똑하지만 예술과 친하지 않은 사람들에게는 특히 좋은 놀이다. 그들은 검은 조각상이나 십이음 음악에 관해 읽고 쓸 수 있다. 하지만 예술 작품의 내부로 들어가는 통로는 결코 발견하지 못한다. 문 앞에 서서 백 개는 됨직한 열쇠로 문을 열려 하면서도 문이 이미 열려있다는 건 알아차리지 못한다.

〈카프카 해석〉, 1956년

예수 수난 성금요일

잔뜩 흐린 날, 아직 눈이 채 녹지 않은 숲속
벌거벗은 나뭇가지들 사이로 지빠귀 한 마리가
 노래하네.
초조하게 떨리는 봄의 숨결
기쁨에 들떴다가 아픔에 내려앉네.

풀 속에서 말없이 피어난 작달막한
크로커스 한 무리, 제비꽃 둥지
이 향기 무엇일까, 은은한
죽음의 향기, 축제의 향기지.

가지마다 움튼 새싹에는 눈물이 맺혔고
근심 어린 하늘마저 낮게 드리우니
모든 정원과 언덕이
겟세마네이며 또한 골고다로구나.

1931년

04
15

4월의 저녁

푸르름과 복숭아꽃

제비꽃과 붉은 포도주

오, 어찌 이리 피었는가. 어찌 이리 빛나는가.

그대들의 불이 내 안으로 당겨지네!

느지막이 귀가해

창가에 오래오래 서있노라.

꿈이 오는 것이 느껴지는 듯해

내 가슴은 터질 듯하노라.

이 생명과 충만함 앞에

나의 마음 불안함에 떨리니

이 마음을 어디에 두어야 할까.

사랑하는 이여, 그대에게 드리리.

1922년

글을 쓸 때는 아름다움이 아니라 진실을 지향하는 일이 무엇보다 중요해요. 그러면 아름다움은 저절로 따라오거든요.

쿠르트 케르비슈에게 쓴 편지, 1951년 12월 19일

04
17

모든 진정한 재능은 육감적이고 감각적인 것에서 시작됩니다. 신체와 감각이 지닌 '지참금'에 그 뿌리를 두는 것이지요.

에세이 〈카사노바에 대하여〉, 1925년 2월

전쟁 기간 동안 국가는 예술가, 작가, 지식인 들을 군인으로, 토목 공사 인부로 만들었다. 이제는 이들을 '정치화'시켜 이 시기 국가 발전의 도구로 만들려 하고 있다. 이건 망치가 아닌 기압계를 못 박는 일에 쓰려는 것과 같다.

〈살인하지 말라〉, 1919년

작가에게 "다른 소재를 선택하는 게 더 낫지 않았을까요?"라고 묻는 것은 의사가 폐렴 환자에게 "아, 당신이 코감기를 선택했더라면 더 나았을 텐데"라고 말하는 것이나 다름없다.

〈문학과 비평에 대한 메모들〉, 1930년

04
20

나쁜 시를 짓는 것이 가장 아름다운 시를 읽는 것보다 훨씬 행복하다.

에세이 〈시에 대하여〉, 1918년

'글을 통해 고통을 날려버리는' 일이 불가능하다고 여긴다면 오산입니다. 시에는 분노가 일부 드리우기도 하거든요. 시구에 아픔을 녹여 흘려보내는 것이지요. 아픔은 울퉁불퉁한 강약격*을 지나 가장 순탄한 길로 흘러가게 된답니다.

독일의 작가이자 고고학자, 교육학자
에른스트 카프에게 쓴 편지, 1896년 4월

* (옮긴이) Trochäen. 서양 시에서 한 단위의 강세 음절 뒤에 한 단위의 약세 음절을 붙여 운율을 만드는 기법인 '강약격', 또는 한 단위의 장음절 뒤에 한 단위의 단음절을 붙여 운율을 만드는 기법인 '장단격'에 해당하는 단어이다.

04
22

글과 그림으로 이야기하는 자들에게 복이 있으리. 우리 같은 예술가들은 글과 그림 같은 예술적 수단에 힘입어서 살아가죠. 나는 가끔 대부분의 사람늘은 그런 수단도 없이 삶을 어떻게 견딜까 의아할 때가 있어요.

프란츠 페터에게 쓴 편지, 1954년 5월 17일

04
23

글을 쓰면 자기의 경험을 정확히 마주해볼 수 있습니다. 그러면 대부분의 경험은 이해가 가능해지지요.

루돌프 바흐에게 쓴 편지, 1950년 1월

봄

어둑한 무덤 속에서
나 오래도록 꿈을 꾸었네
너의 나무들과 푸른 공기를
너의 향기와 새들의 노랫소리를.

이제 너는 열렸네
예쁘게 치장하고 빛을 발하며
쏟아지는 햇살을 받으며
기적처럼 내 앞에 열렸네.

너 나를 다시 알아보네
너 나를 부드럽게 유혹해
너의 행복한 현존에
나의 온몸이 떨려오네.

1899년

04

25

어떤 면에서 운명은 스스로 불러내는 것입니다.

저마다 자기에게 맞는 운명을 갖게 마련이지요.

파니 쉴러에게 쓴 편지, 1935년

어떤 업적이나 학문도 결국 다 불완전하고 미완성에 불과하다는 통찰과 견해가 있지요. 하지만 이런 생각이 누군가가 꾸준히 노력하고 정진하여 최대한 가능한 일을 성취하는 데 장애물로 작용해서는 안 될 것입니다.

라인하르트 부흐발트에게 쓴 편지 1912년

비록 가장 힘든 시기를 보내고 있다고 하더라도, 내가 결코 바라지 않는 것은 좋음과 나쁨의 중간상태, 미적지근하고 그럭저럭 견딜만한 상태다. 그럴 바에야 차라리 굴곡이 심한 편이 낫다. 고통은 더욱 괴롭되, 대신에 행복한 순간은 한층 더 충만하고 빛나길 원한다!

《방랑》, 1919년

내가 책임져야 하는 일들, 우리의 의무와 과제로 여겨지는 일들은 중요시해야 해. 하지만 외부에서 주어지는 운명, 내가 어떻게 할 수 없고 영향을 미칠 수 없는 일들에는 필요 이상으로 괴로워할 필요가 없어. 안 그러면 우리같이 생각이 많은 이들은 삶을 견디기 힘들거든.

아들 브루노에게 쓴 편지, 1933년 5월

만 스물한 살의 헤르만 헤세, 튀빙엔에서 찍은 사진.

사람들은 모두 원심력을 추구하며 살아요. 자꾸
만 밖으로 뻗어 나아가려고 하지요. 하지만 나
는 그 반대를 추구합니다.

힐네 예루살렘에게 쓴 편지, 1955년 9월

일반적으로 봄은 나이 든 이들에게 그다지 유쾌한 계절이 아니에요. 높새바람이 고목의 가지가지를 당장이라도 부러뜨릴 기세로 흔들어대는 것처럼 나이 든 사람들을 곧 쓰러뜨릴 듯이 뒤흔들어 대는 계절이니까요. 하지만 그럼에도 봄은 아름답습니다.

스위스의 작가
카를 클로터에게 쓴 편지, 1948년 부활절

22. Mai 24

H A 24

5 May

흐드러진 꽃들

복숭아꽃 온통 흐드러졌다.

꽃이라고 다 열매를 맺지는 않는다네.

파란 하늘, 흘러가는 구름들 사이로

흐드러진 꽃들이 장밋빛 거품처럼 화사한 빛을 발하네.

생각도 꽃들처럼 피어나네.

하루에도 백 번씩

피어나라! 그냥 그렇게 흘러가라!

쓸모 따위는 따지지 마라.

놀기도 해야 하고, 천진난만하게 웃기도 해야 하리.

별 쓸모가 없는 꽃도 있어야 하리.

그렇지 않다면 우리의 세상은 좁디좁아져

사는 재미가 없어질 테니.

1918년

젊은이여, 사랑의 고통과 환희를

가슴으로 느끼기를.

다만 그대가 다른 이들보다

더 많이 고통하고 환희한다고 믿지 말지니!

〈이달의 금언〉, 1906년

여행의 묘미는 새로이 배우는 것들을 유기적으로 통합시키는 것, 다양성 안의 통일성을 더 깊이 이해하는 것, 오래된 진리와 법칙을 새로운 상황에서 재발견하는 것이다.

〈여행에 관하여〉, 1904년

05
03

건강한 사람은 누구나 무언가를 성취하고자 한다. 그러나 비뚤어진 야망으로 똘똘 뭉친 사람만이 어떤 일에서 '최고'가 되려 한다.

메모, 1958년 8월

05
04

중요한 것은 벽을 없애는 게 아니라 문을 찾는 것이다.

〈친구들〉, 1907년-1908년

마음이 이끄는 대로 살게! 그게 가장 좋은 길이
니. 뭐가 좋고, 뭐가 나쁜지 난 잘 모르겠어. 그런
일에 대해서는 점점 확신이 없어지는군. 사람은
자기 본연의 욕구와 의식적인 삶 사이에 조화가
이루어져야 선할 수 있어. 그게 안 되면 악하고
위태로워지지.

카를 젤리히에게 쓴 편지, 1919년 가을

금언

그대 모든 것에

형제이며 자매가 되어야 하리.

모두가 그대에게 완전히 스며들어

내 것과 네 것 구별할 수 없도록.

어떤 별도, 어떤 잎도 지지 않기를―

그대 역시 그들과 함께 죽어가야 할 터이니!

그러므로 그대 역시 그 모두와 함께

매시간 부활하리라.

1908년

언어

태양은 우리에게 빛으로 이야기하고

꽃은 향기와 색깔로 이야기하지.

공기는 구름, 눈, 비로 이야기하지.

세상의 지성소엔

억누를 수 없는 충동이 거한다네.

바로 존재자들의 침묵을 깨뜨리고

언어로, 몸짓으로, 색깔로, 소리로

존재의 비밀을 말하려 하는 충동이라네.

[…]

꽃의 붉음과 푸름에서

시인의 언어에서

창조의 작업은 내면을 향한다네.

늘 시작되고, 결코 끝나지 않는 창조의 작업.

단어와 소리가 모일 때,

노래가 울리고, 예술이 펼쳐질 때마다

세계와 모든 존재의 의미가

새롭게 빚어지지.

모든 노래, 모든 책

모든 그림은 존재의 의미를 드러내 보이는 것,

생명의 합일을 실현하려는 천 번째 새로운 시도.

문학과 음악은 이런 합일로 들어오라

그대들을 유혹하네.

다채로운 창조물을 이해하기 위해

단 한 번의 조명照明으로 충분하리.

우리가 어떤 혼란을 만나든

시 속에선 분명하고 간단하네.

꽃은 웃고 구름은 비를 내리고

세계는 의미를 지니고 말 없는 것이 말을 한다네.

1928년

05
08

우리 모두는 스스로에게 허락된 것과 금지된 것이 무엇인지 알아야 한다. 금지된 행동을 하지 못하면 대단한 악당이 되기는 힘들다.

《데미안》, 1919년

어떤 인간도 다른 사람에게서 스스로 경험하지
못한 것을 보거나 이해할 수는 없어요.

독일계 스위스인 작가
이다 프로마이어에게 쓴 편시, 1931년

세상의 틀에 자기를 맞추어 살지 않으면 자기 자신을 발견할 확률이 높습니다. 세상에 발맞추어 사는 사람은 자신을 발견하지 못해요. 다만 국회의원이 되겠지요.

야콥 플라흐에게 쓴 편지, 1917년

물고기, 새, 원숭이부터 우리 시대의 전쟁을 하는 동물에 이르기까지, 한 단계 한 단계 앞으로 밀치고 나아갔던 동물들은 '평범한 동물'일 수가 없었다. 평범한 동물들은 보수적으로 그저 살아온 대로 살고자 했다. 평범한 도마뱀은 날아볼 생각을 절대 하지 않았다. 평범한 원숭이는 나무에서 내려와 두 발로 걸어볼 생각을 전혀 하지 않았다. 최초로 직립 보행을 시도한 원숭이, 맨 처음 두 발로 걷기를 꿈꾸었던 원숭이는 원숭이들 중에서도 공상가이자 괴짜이며 시인이고 개혁가였지, 평범한 원숭이가 아니었다.

〈환상〉, 1918년

역사의 도덕법칙이 얼마나 정확하게 작동하는
지, 정말이지 무시무시합니다. 부당하게 쥔 권
력은 반드시 사람을 타락시키지요.

오스트리아계 스위스인 작가이자 번역가, 감독
프리츠 본디에게 쓴 편지, 1946년 3월

입 밖으로 내어 말하긴 참 조심스러운 이야기인데요…. 이런 사실을 지나치게 환기시키는 건 인간적인 관점에서든 민주주의적인 관점에서든 기독교적인 관점에서든 금지되어 있으니까요. 그러니까 무슨 말이냐면 인간은 원래부터 불평등하고, 우리에겐 천재들이 바보들보다 훨씬 재미있다는 겁니다. 비범한 사람들이 자신의 재능을 대가로 더 큰 고통을 치러야 한다는 건 또 다른 차원의 문제지만요.

카를 이젠베르크에게 쓴 편지, 1930년 11월

05
14

나는 아직 한 번도 권력자들이 계획적으로 막아
설 만큼 선하고 대단한 일에 힘을 써본 적이 없
습니다. 사적으로든 공적으로든 말입니다.

볼프람 키미히에게 쓴 편지, 1946년 8월

05
15

외부로부터 운명을 받아들이는 자는 운명에 굴복당한다. 화살이 야생동물을 쓰러뜨리는 것처럼 운명이 그를 굴복시키기 때문이다. 반면 그 운명이 내면으로부터, 가장 자기다움으로부터 비롯되는 자는, 운명이 그를 강하게 만들고, 신으로 만든다.

〈차라투스트라의 귀환〉, 1919년

대다수 사람들은 언제나 선善을 추구하는 사람들을 탐탁지 않게 여깁니다. 대중은 선하지도 악하지도 않기 때문이죠. 그들은 게으르기 짝이 없어서 양심에 호소하는 목소리를 지극히 싫어하거든요. 더 높은 곳을 향해 성장해가고, 이기주의와 게으름을 극복하는 일은 늘 다수가 아닌 개개인에 의해 이루어질 따름입니다.

디트리히 뮐러 그로트에게 쓴 편지, 1949년 3월 19일

참 아름다운 것

세상에는 아름다운 것이 있어요.

결코 물리지 않고 늘 위로와 생기를 주는 것

늘 신의를 지키는 것

늘 새로운 눈으로 볼 수 있는 것:

멀리 건너다보이는 알프스 산등성이의 자태

푸른 바닷가의 고요한 오솔길

바위 위로 솟구쳐 흐르는 시냇물

어둠 속에서 노래하는 새

아직 꿈결에 웃는 아이

겨울밤의 별빛

고원 목장과 만년설이 예쁘게 에워싼

맑은 호수 위의 석양

울타리 너머에서 들려오는 노랫소리

산책하는 이들과 나누는 인사

어린 시절의 향수

늘 깨어나는 부드러운 슬픔,

그 슬픔은 밤새 섬세한 아픔으로

그대의 옥죄였던 마음을 풀어주고

별 위에 아름답고 희미한,

멀고도 그리운 나라를 그대에게

만들어줍니다.

1901년경

스스로에 대한 회의감으로 가득 찬 사람은 다른 사람을 판단하거나 비판하는 일쯤은 잊고 산다네.

스위스의 음악가이자 화가, 작가
구스타프 감퍼에게 쓴 편지, 1919년 4월 4일

05
19

용기 있고 개성이 강한 사람들은 다른 사람들에게 늘 아주 기분 나쁜 존재다.

《데미안》, 1919년

점잖은 동물들이 살아남지 못하는 곳에서는 토끼가 승리하지요. 토끼는 까다롭지 않아 웬만하면 만족하고, 번식 속도도 빠르니까요.

하인리히 비간트에게 쓴 편지, 1929년 10월 21일

어떤 대단한 세계관이나 인생관으로 보이는 것들이 사실 알고 보면 타고난 개인적 성향이나 취향인 경우가 많다. 우리의 성향과 취향은 스스로를 세계관이나 가치관인 척 가장하는 놀라운 재능이 있다.

〈새 집으로 입주할 때〉, 1931년

05
22

주님, 뭐 이런 세상이 다 있습니까. 신경증 환자가 아니고서는 좋은 녀석일 수 없는 세상이라니요!

힐데가르트 노이게보렌에게 쓴 편지, 1916년 8월 5일

그 자신이 목적이 되고 우상으로 군림하게 된 국가와 그 공무원 조직이 비대해지는 현상은 전 세계가 앓고 있는 암과 다름없습니다. 이들은 쓸데없이 새로운 절차와 자리를 만들어 스스로를 필요한 존재로 만들고, 자신들의 수를 늘리는 데 급급하지요.

스위스의 작가
에른스트 찬에게 쓴 편지, 1944년 6월

난 모든 신념과 이상에 대해 온갖 똑똑한 말을 늘어놓으면서도 정작 그런 것들을 위해 아주 작은 것 하나 포기하지 못하는 사람들보다는 세상에서 가장 순진한 이상에 헌신할 준비가 된 사람들이 훨씬 낫다고 생각한다.

아들 하이너에게 쓴 편지, 1930년 1월 31일

스스로 책임지거나 생각하기를 꺼리는 사람이 나 지도자를 원하고, 필요로 하는 것 아니겠어요?

M. A. 요르단에게 쓴 편지, 1932년

젊은이들은 언제나 지도자와 스타를 원해요. 그들은 누구를 막론하고 항상 자신이 추앙할 사람을 선택할 테죠. 하지만 나는 젊은이들이 좀 더 독립적이 되어 어떤 스타나 유명인들을 무턱대고 쫓아다니는 일이 없었으면 좋겠어요.

이다 후크에게 쓴 편지, 1920년 6월 3일

여행의 노래

태양아 내 가슴을 환히 비추어다오.

바람아 내 걱정과 근심을 날려다오!

나, 이 지상에서 멀리 떠나는 여행보다

더 깊은 희열을 알지 못하네.

나 평원을 향해 나아가노라면

태양은 내 살갗을 그슬리고 바다는 서늘하게

 식혀주리라.

지상의 생명을 느끼기 위해

나 모든 감각을 한껏 열리라.

그렇게 모든 새날은 내게

새로운 친구, 형제 들을 보내주리라.

내가 고분고분 모든 힘들을 찬미하고

모든 별의 손님이자 친구가 될 수 있을 때까지.

1911년

05
28

자연에 평범한 인간처럼 그렇게 사악하고 거칠고 잔인한 존재는 없습니다.

스위스의 작가이자 작곡가

옳가 디니에게 쓴 편지, 1928년 4월 27일

사람들은 말이죠. 누군가 처형되는 걸 아무렇지도 않게 구경해요. 하지만 그러다가 자기 신발에 피 한 방울이라도 튀면 아주 격하게 항의하지요. 그게 사람입니다.

이다 후크에게 쓴 엽서, 1927년 11월 2일

돈과 권력은 불신의 산물이다.

〈고집〉, 1917년

그렇다. 전류를 쉽게 빛과 열로 치환시킬 수 있듯이 시간은 쉽게 돈으로 바꿀 수 있다. 인류의 모든 명제 중 가장 바보 같은 이 명제가 천박하고 터무니없는 건 다만 '돈'을 무조건 최고의 가치로 치기 때문이다.

《뉘른베르크 여행》, 1925년

18 Sept. 12

6 June

헤르만 헤세. 에른스트 뷔르텐베르거가 그린 초상화, 1905년.

바람이 많이 부는 유월 어느 날

세찬 바람에 호수는 유리처럼 투명하게 반짝인다.
가파른 비탈에선
잔풀들이 은빛으로 나부낀다.

물떼새들, 애처롭고 겁에 질린 소리로
공중에서 비명을 지르며
들쑥날쑥 갈지자 곡선을 그린다.

강 저편에서 실려 오는
낫질 소리, 그윽한 풀 냄새.

1907년

어떤 문명도 자연을 유린하지 않고서는 지속이
불가능하다. 문명화된 인간은 온 대지를 점차
시멘트와 금속에 뒤덮인 지루하고 삭막한 땅으
로 바꾸어가고 있다. 제아무리 훌륭하고 이상적
인 시도도 결국은 폭력과 전쟁과 고통으로 이어
진다. 평범한 인간은 천재의 도움 없이는 살아
갈 수 없을 테지만, 그럼에도 평생 천재의 숙적
으로 남을 것이다.

《독서에 대한 생각》서평, 1926년 2월

문명의 이면에는 쇠 부스러기와 쓰레미 더미로 가득한 지구가 있다. 유용한 발명품에는 멋진 세계 박람회와 우아한 모터쇼가 따를 뿐 아니라, 형편없는 임금을 받는 핏기 없는 얼굴의 광부 무리도 따른다. 질병과 황폐화가 뒤따르는 것이다. 증기기관과 터빈을 갖게 된 인류는 지구를 무참히 파괴하는 것으로 그 대가를 지불하고 있다.

〈불꽃놀이〉, 1930년

여름밤

한바탕 쏟아진 소나기에
나무는 빗물을 뚝뚝 떨군다.
젖은 잎사귀엔 서늘한 달빛 다정하게 반짝이고
저 멀리 쉼없이 흐르는 강물 소리
어스레히 골짜기를 올라온다.

이제 농가에선 개들이 짖고
오, 여름밤 구름에 반쯤 가린 별들
너희들의 희미한 궤도 위에서
내 가슴은 여행에 취해 얼마나 멀리
달려가는지!

1918년

06
04

사람 속에 있는 건 눈에 보이지 않고, 자기 자신
도 그에 대해 거의 알지 못한다.

1935년에 먼저 세상을 뒤로한 헤세의 남동생
〈한스를 추억하며〉, 1936년

06/05

어떤 물건을 잃어버린 순간 그 물건은 그 가치가 과대평가되고, 훨씬 더 없어서는 안 될 물건으로 다가온다. 이것은 널리 알려진 인간의 약점 중 하나다.

《동방 순례》, 1932년

06
06

우리가 애써 우매하기 짝이 없는 일을 상상해봤자 현실은 그 정도를 너끈히 뛰어넘는답니다.

독일의 주어캄프 출판사 설립자
페터 주어캄프에게 쓴 편지, 1947년 9월

우리는 추상적인 통찰이나 숙고를 바탕으로 행동하지 않아요. 기본적으로 우리 삶 속의 모든 행동은 그저 우리 존재의 근원으로부터, 민족적 기질로부터, 무의식적인 충동으로부터 비롯되지요. 그런 다음에 거기에 걸맞은 세계관을 찾는 것입니다.

스위스의 칼 제조업자이자
헤세의 두 번째 부인 루트 벵거의 아버지
테오 벵거에게 쓴 편지, 1922년 7월 22일

06 / 08

세상이 우리에게 필요로 하는 역할은 결코 우리가 원하던 역할이 아니다.

독일의 작가이자 출판업자
프리드리히 미하엘에게 쓴 편지, 1935년 3월

저녁이면

저녁이면 연인들은 천천히

들판을 거닐고

여자들은 묶었던 머리를 풀어 헤친다.

장사꾼들은 돈을 세고

시민들은 어수선한 마음으로

석간신문에 실린 소식들을 읽는다.

아기들은 자그마한 주먹을 쥐고

곤히 깊은 잠을 잔다.

모두가 자기의 일을 한다

고귀한 의무를 다한다.

아기, 시민, 연인들—

그럼 나 자신은 그렇지 않을까?

천만에! 내가 꼬박꼬박 행하는

나의 저녁 활동도

세계정신을 이루는 한몫

나의 저녁 활동도 의미 있는 것.

그리하여 나는 오르락내리락 거닐며

마음으로 춤을 추고

멍청한 거리의 노래를 흥얼거린다.

신을 찬양하고 나를 치켜세우며

와인을 마시고 내가 고위 관료였다면

어땠을까 상상해본다.

아랫배는 걱정으로 싸늘한데

나는 미소 지으며 더 마시고는

내 가슴에 "그래 네 말이 맞아"라고 말해준다.

(아침에는 그게 안 된다.)

지나간 아픔들을 엮어

장난삼아 시를 써본다.

달과 별의 운행을 올려다보고

그 의미를 예감한다.

어디로든 간에

나도 그들과 함께 여행하는 걸 느낀다.

1918년

세상이 좋은지 나쁜지에 대한 판단을 자제해야 한다. 세상을 개선해야 한다는 그 이상한 생각을 버려야 한다. 종종 잠을 잘 못 잤거나 너무 과식을 해서 속이 좋지 않은 날엔 세상 살맛 안 난다고 세상을 탓하기 일쑤이던 사람들도 아가씨와 달콤한 입맞춤을 나눈 날이면 정말 살맛 나는 세상이라는 찬사를 절로 내뱉는 법이다.

〈차라투스트라의 귀환〉, 1919년

세상은 더 나아지기 위해서 존재하지 않는다. 그대 또한 더 나아지기 위해 존재하는 것이 아니다. 그대는 자기 자신으로 살기 위해 존재한다. 그대들이 존재하기에 세상은 더욱 풍성한 소리와 울림, 분위기, 그림자를 가지는 것이다.

〈차라투스트라의 귀환〉, 1919년

무언가를 의도할 때의 눈길은 불순하고 왜곡되어있다. 아무것도 욕망하지 않을 때, 보는 행위가 순전한 관찰이 될 때에야 비로소 대상의 영혼, 즉 아름다움이 열린다.

땅을 사려고, 임차하려고, 벌목하려고, 사냥하려고, 저당권을 설정하려고… 목적을 가지고 숲을 보면 나의 눈에는 내 돈주머니와 숲의 관계만이 들어온다. 하지만 아무런 이득도 바라지 않고 숲을 볼 때, 그저 '사심 없이' 짙은 초록에 눈길을 줄 때 숲은 비로소 자연이자 식물이 되어 아름다워진다.

〈영혼에 대하여〉, 1917년

06 / 13

아름다움은 그것을 소유한 자를 행복하게 하는 것이 아니라, 그것을 사랑하고 숭배하는 자를 행복하게 한다.

〈마르틴의 일기〉, 1918년

우리가 한동안 살아가는 모든 장소는 그곳과 작별한 뒤 얼마간 시간이 지나고 나서야 비로소 우리의 기억 속에서 형체를 얻어 변치 않는 이미지로 남는다. 우리가 아직 그 장소에 살고 모든 것이 눈앞에 있을 때는 우연과 본질이 아직 잘 구별되지 않는다. 본질과 거리가 먼 것들은 시간이 지나면서 그 빛을 잃고, 우리의 기억은 간직할만한 가치가 있는 것들만을 간직한다. 안 그러면 지나온 인생의 단 일 년도 두려움과 현기증 없이는 돌아볼 수 없을 테니!

〈밤나무〉, 1904년

우리의 영혼은 전체를 추구하기 때문에 부족한
틈새들을 발견하면 그걸 메우려고 애를 씁니다.
이건 무척 믿음직한 마법이지요. 무능력한 부분
이 있으면 다른 영역에서 더 높은 성과를 내어
만회하려고 하니까요.

스위스의 시인이자 번역가
〈하인리히 로이톨트에 관한 한마디〉, 1922년

06
16

진리의 얼굴은 수백만 가지다. 그러나 진리는 하나다.

〈한스를 추억하며〉, 1936년

06/17

내가 중요하게 생각하는 다양성 너머의 합일성
이란 사유와 이론만으로 이루어진 어떤 지루한
회색의 합일성이 아니라, 유희와 고통, 웃음이
한가득 어우러진 그야말로 삶 그 자체다.

《요양객》, 1925년

06
—
18

우스꽝스럽기로는 정신병원 안이나 바깥세상이나 별반 다를 바가 없지요.

힐데가르트 융-노이게부르트에게 쓴 편지,
1926년 1월 17일

06
19

나는 혼백이나 정령 같은 것에는 조금도 관심이 없고, 그래서인지 한 번도 귀신을 보거나 한 적이 없어요. 하지만 나는 확신해요. 내가 원하기만 한다면 그들이 떼 지어 나타날 거라는 걸. 그렇지만 나는 그들이 다른 사람들보다 더 흥미로울 거라고 생각하지 않아요.

힐데가르트 융-노이게부르트에게 쓴 편지,
1926년 1월 17일

나는 영靈들에 대해서는 아무것도 알지 못해. 나는 내 꿈속에서 살아. 다른 사람들도 꿈속에서 살지. 하지만 그들은 자신들의 꿈속에서 살지 않아. 그게 바로 다른 점이야.

《데미안》, 1919년

06

21

솔직하면서도 꽤 지혜로운 사람들이 그리 흔하지는 않아요. 만약 이런 사람들이 서로 갈등을 빚게 되면 어떻게 해야 할까요? 더욱 솔직해지고 더욱 지혜로워지는 게 좋지요. 솔직함과 지혜로움으로 더 단련되어야 해요.

에르하르트 브루더에게 쓴 편지, 1932년 1월 18일

06
—
22

모든 땅은 해를 향하며,

어둠의 꿈은

바로 빛이 되는 것.

시 〈오르간 연주〉, 1937년

06
___
23

사람은 꿈에서 많은 암시와 동력을 얻고, 때로는 경고도 얻을 수 있습니다. 꿈의 소리에 귀를 기울여 일상생활에 그 마법을 일부 적용시켜보세요. 그것만으로도 많은 의미가 있습니다.

미국의 한 독자에게 쓴 편지, 1954년 7월 말

아름다운 오늘

내일—내일은 어떻게 될까?
슬픔, 걱정, 쥐꼬리만 한 기쁨,
무거운 머리, 다 마셔버린 포도주—
그대는 살아야 하리, 아름다운 오늘을!

빠르게 흐르는 시간은
영원한 원무圓舞를 돌지라도
이 잔 가득 들이켜는 술은
변함없이 나의 것.

나의 방종한 젊음의 불꽃이
요즈음 높이 불타오르네.
죽음아, 내 손을 가진 너
나를 제압하려느냐?

1903년

화가 프리츠 비트만의 아틀리에에서의 헤르만 헤세, 1910년.

06 / 25

잠자리에 들며

하루가 나를 피곤하게 만들었으니
이제 나의 간절한 소망은
지친 어린아이처럼 별이 총총한 밤을
다정하게 받아들이는 것.

손들아, 모든 행위에서 물러나렴.
이마여, 너 모든 생각을 잊어버리렴.
나의 모든 감각은 이제
졸음 속에 가라앉으려네.

그리고 영혼은 누구의 감시도 받지 않고
자유로이 날갯짓하며 날아다니려네.
밤이 만들어내는 마법의 원 안에서
마음껏, 여러 생을 살고자.

1911년

세월이 흘러 새로운 발명품들이 사람들에게 재미를 주고, 계몽하는 역할을 담당하게 될수록 책은 더욱더 권위와 품위를 되찾게 될 것이다. 그러나 오늘날 책과 경쟁하는 라디오나 영화 같은 신생 발명품들은 인쇄된 책이 담당해온 기능 중 그다지 아쉬울 것 없는 일부 역할을 도맡는 수준에도 이르지 못했다.

〈책의 마법〉, 1930년

언젠가는 지금까지 책이 수행해온 역할 대부분을 영상이 담당하고, 대다수 사람들은 책을 읽지 않는 시대가 올지도 모르지요. 하지만 그렇다 해도 나는 내 책의 영화화에 반대할 겁니다. 세계적인 유명세나 돈의 유혹을 이겨내는 일이 내겐 그리 힘들지 않을 거예요. 예술적 수단으로서의 문학과 언어가 위기에 처할수록 내게는 그것들이 더욱 소중해질 테니까요.

독일의 작가이자 각본가
펠릭스 뤼츠켄도르프에게 쓴 편지, 1950년 5월

06
28

책과 즐겁게 대화하지 못할 이유가 무엇이란 말인가? 책은 종종 사람만큼 똑똑하고, 종종 그만큼 재미가 있는데 말이다. 게다가 책은 성가시게 추근대지도 않는데 말이다.

《겨울 저녁의 독서》서평, 1920년 11월

06
—
29

좋은 독자에게 독서란 이런 의미가 아닐까? 낯선 이의 존재와 사고방식을 만나게 되는 일, 그를 이해하게 되는 일, 어쩌면 그를 친구로 얻게 되는 일.

〈책 읽기와 책을 소유하기〉, 1908년

6월의 뇌우

태양은 병들고, 산은 잔뜩 웅크렸다.
검디검은 먹구름 벽이
등등한 기세로 잠복해있다.
겁먹은 새들은 낮게 날개 퍼덕이며
잿빛 그림자 땅에 드리운다.

오래전부터 들려오던 천둥소리
한층 더 거세게 울려 퍼진다.
성대한 북소리의 합창에 연하여
트럼펫처럼 빛나는 황금 번개
연달아 빗속을 관통한다.

억수처럼 퍼붓는 빗줄기
유리같이 뿌옇게, 차갑게, 창백한 은빛으로
개울을 따라 질주하고, 강물을 따라 흐르며
오랜 시간 삼켰던 흐느낌처럼 거세게

겁에 질린 계곡을 향해 내달린다.

1953년

25. Juni 23

헤르만 헤세의 정원용품.〈사진: 이자 헤세-라비노비치〉

칠월의 아이들

칠월에 태어난 우리 아이들은
하얀 재스민 향기를 좋아합니다.
고요히, 묵직한 꿈에 잠긴 채
꽃이 핀 정원들을 누비고 다녀요.

우리 형제는 진홍색 양귀비.
가물가물 붉게 전율하며 타오르다가
이삭 여문 밭과 햇빛에 달궈진 담벼락 위에서
바람결에 꽃잎을 흩날립니다.

칠월의 밤처럼 우리의 삶은
꿈을 안고 자신의 원무를 완성하고자 합니다.
꿈과 뜨거운 추수 감사제에
이삭과 붉은 양귀비를 엮어
화환을 바치고자 합니다.

1904년

정원 울타리 곁에서 기지개를 펴봐요.

가슴으로 여름의 소리를 들어봐요.

부르지도 않았는데 하루가 오는군요.

샤샤샥 첫 낫질 소리 들리나요?

〈이달의 금언〉, 1906년

방 안에 모기 한 마리 날아다니네.

잡으려 할 때마다 어딘가 틈 속으로 쏙.

그러고는 누가 누가 행복에 잠겼는지

살펴보다가 쪽.

결국엔 모기의 술책이 승리한다네.

1950년

07
03

논쟁에서는 언제나 낙천주의자가 이기는 법이
지요.

오이겐 링크에게 쓴 편지, 1926년 3월 16일

소인小人은 대인大人에게서 지금 자신이 볼 수 있
는 것밖에는 보지 못한다.

《유리알 유희》, 1943년

책

이 세상 그 어떤 책도

그대에게 행복을 주지는 못하리라.

하지만 그대를 은밀히

그대 자신에게로 돌려보내 주리라.

그곳에는 그대가 필요한 모든 것이 있다네.

해와 달과 별

그대가 구하는 모든 빛은

그대 자신 안에 있으리라.

그대가 오래 찾아다닌 지혜는

책 속에 있으니

지금 모든 페이지에서 반짝이고 있다네.

이제 그 지혜는 그대의 것이라네.

1918년

모든 독자는 다르게 읽어요. 성격, 지성, 연령, 걱정, 관심사에 따라 독서도 달라지지요. 독자는 읽으면서 자신에게 필요한 것을 자기 안으로 쏙쏙 흡수해요. 그러다 보니 어떤 독자를 지루하게 만드는 책이 또 다른 독자를 흔들어 깨울 수 있습니다. 한마디로 말해 책이 미치는 영향은 이미 작가의 손을 떠난 것이지요.

O. 에기만에게 쓴 편지, 1961년 1월 27일

인생의 모든 걸음, 모든 호흡에 그러하듯 독서
에도 무언가를 기대해야 한다. 더 충만한 힘을
거두기 위해서는 힘을 쏟아부어야 하며, 의식적
으로 나를 다시 발견하기 위해서는 나를 잃어야
한다.

〈읽기에 대하여〉, 1911년

07 / 08

개성이 강한 작가와 개성이 강한 독자는 서로

잘 맞기가 힘들지요.

미지의 수취인에게 쓴 엽서, 1945년

사람들에게 특히나 감명을 주는 생각들은 대부분 오래전부터 존재하던 생각들이에요. 새 옷을 입고 있을지는 몰라도요.

독일계 스위스인 화가이자 북 일러스트레이터
군터 뵈머에게 쓴 편지, 1939년 3월 1일

대부분의 작가가 그들이 쓴 책만큼 멋지고 훌륭한 사람이 아니라는 건, 안타깝지만 저 자신을 보면 알지요.

스위스의 소설가
야코프 샤프너에게 쓴 편지, 1907년 1월 24일*

* 샤프너는 이 시기로부터 약 30년가량 지난 그의 말년에 나치즘을 지지해 논란이 되었다.

읽기가 힘들고 고된 노동에 가까운 책들이 있는
가 하면, 드물지만 휴식과 젊음을 선사하는 책
들이 있습니다.

《생명의 아침》서평, 1903년 11월

작가가 아니라 소재 자체가 이야기하는 것 같은
느낌을 불러일으키는 책들은 천 권 중에 두 권
도 안 된다.

《새로운 이야기꾼》 서평, 1908년 3월

작품이 창조되는 곳, 꿈이 이어지는 곳, 나무가
심기는 곳, 아기가 태어나는 곳. 그곳에 생명이
활동하여 시대의 어둠을 타개합니다.

오스트리아의 소설가이자 저널리스트
슈테판 츠바이크에게 쓴 편지, 1910년 여름

07
14

아이들은 마음이 넓어서, 어른들의 머릿속에서는 서로 격렬히 부대끼고 절대로 양립할 수 없는 모순적인 것들도 상상의 마법으로 마음에 나란히 품을 수 있다.

〈헤르만 라우셔〉, 1900년

인간이 주변의 것들을 온전히, 예리하고 생생하게 경험할 수 있는 건 어린 시절뿐이다. 기껏해야 불과 열서너 살 정도까지다. 그 후로는 평생 그 경험을 밑천 삼아 살아간다.

《로스할데》, 1914년

07
16

어릴 적 사람들은 우리의 '의지를 꺾으려고' 무진 애를 썼고, 실제로 우리 안의 온갖 것들을 꺾고 부수었다. 그러나 바로 그 의지—우리와 함께 태어난 그 유일한 것만은, 우리를 아웃사이더와 괴짜로 만든 그 불꽃만은 꺾지 못했다.

〈한스를 추억하며〉, 1936년

나무를 베어내면 뿌리 가까이 새순이 돋아난다. 한창때 병들어 망가진 영혼도 그렇게 봄날 같은 출발의 시간과 불안한 유년기로 돌아온다. 끊겼던 명줄을 새로 이을 수 있기라도 할 것처럼 말이다. 뿌리 근처의 새순들은 허겁지겁 무성하게 자라지만 그건 가짜 삶이다. 절대로 다시 어엿한 나무가 되지 못한다.

《수레바퀴 아래서》, 1906년

《수레바퀴 아래서》초판본 표지, 1906년.

뜨거운 한낮

마른 풀밭에선 귀뚜라미 합창 소리 요란하고
메뚜기, 말라붙은 밭둑을 따라 날아간다.
이글이글 끓어오르는 하늘은
청잿빛 산들을 희고 성긴 거즈 천으로 자아낸다.

온갖 데가 다 버스럭, 바스락.
숲속에서도 벌써 양치류와 이끼, 까슬까슬해지고
적막한 하늘의 엷은 연무 속에서
7월의 하얗고 말간 해가 가차 없이 내리쪼인다.

졸음을 부르는 후덥지근한 한낮의 공기가
 소리 없이 다가오고
피곤한 눈 절로 감긴다.
고대하던 은혜로운 소나기, 그 우렁찬 물소리
꿈결에도 귓가에 쟁쟁하다.

1933년

07
19

인생을 정복하고자 한다면 아무리 일찍 시작해도 지나치지 않다.

〈프레셀의 정자〉, 1913년

효심에 먹칠을 할법한 유類의 행위 없이는 어머

니의 치맛자락에서 벗어날 수 없다.

〈'문학에서의 표현주의'에 관하여〉, 1918년

07
21

일방성과 대담한 전복을 견디지 못하는 자, 젊음을 광신적이고 금욕적이기보다 지혜롭고 자애롭고 이해심 넘치는 것으로 보려는 자, 그는 젊음을 거부하는 것이다. 그런 태도는 자신에게 해가 될 것이다.

〈'문학에서의 표현주의'에 관하여〉, 1918년

07
22

젊은 시절부터 이미 애늙은이처럼 행동하는 젊
은이가 아닌, 열정적인 젊은이가 훌륭한 노인이
된다.

《게르트루트》, 1910년

아무리 뜨겁고 힘겨웠던 날에도

저녁은 찾아오리라.

저녁이 불쌍히 여기지 않을,

어머니 같은 밤이 자애롭고 부드럽게

조용히 안아주지 않을

힘겹고 뜨겁기만 한 날은 없으리라.

오 내 마음이여, 위로를 받으라.

그대의 갈망이 그토록 뜨겁게 그대를

밀어붙여도

밤은 가까우니, 그 밤이 어머니처럼

부드러운 팔에

그대를 안아주리라.

고단한 방랑객에게

낯선 손길이 침상을, 관을

준비하리니

그 안에서 그대 마침내 안식을 취하리.

거칠게 요동하는 가슴이여, 이 사실을

 잊지 말고

모든 즐거움을 열렬히 사랑하라.

쓰디쓴 고통까지도 사랑하라.

영원한 안식에 들기 전에.

시 〈이걸 잊지 말아요〉, 1908년

07
—
24

일부 젊은이들의 혁명적인 외침을 너무 진지하게 받아들일 필요는 없을 겁니다. 그들은 다만 새로이 밀려오는 감정과 걱정을 분출하고 새롭게 표현하고자 하는 것이니까요.

헬레네 벨티에게 쓴 편지, 1919년

몇십 년 묵은 시민 세계 전체가 몰락하는 것을 느끼면 그 세계의 편협한 감독하에서 자라난 젊은 세대는 응당 환호한다.

〈'문학에서의 표현주의'에 관하여〉, 1918년

성서가 '인식', 즉 정신적 깨어남을 (낙원에서 뱀의 꼬임에 빠져 저지른) 죄로 묘사하고 있듯이, 세상의 관습과 전통은 인간이 개성을 가지고자 하고, 군중 속에서 벗어나 고유한 인격체로 서고자 하는 노력을 언제나 불신의 눈빛으로 바라본다네. 아버지와 아들의 마찰 역시 태곳적부터 있어온 자연스러운 일이지만, 모든 아버지가 마치 그것을 전대미문의 반란처럼 여기는 것처럼 말이야.

실업학교 학생 H. S.에게 쓴 편지, 1930년 4월 13일

07
27

젊을 때 늙은이처럼 생각하지 못하는 사람들, 바로 그런 사람들이 성장해서 가장 바람직한 노인들이 된다.

노르웨이의 소설가
크누트 함순의 작품들에 대한 서평, 1918년 7월

사람들은 원본을 좋아하지 않고, 뭐든 한번 손을 거쳐서 가공된 걸 더 좋아해요. 새로운 것을 소화시키고, 변화시키고, 축소시키고, 꾸며서 건네줘야 좋아하지요.

스웨덴의 소설가
〈스트린드베리〉에 대하여, 1909년 1월

직업이나 나이 때문에 자꾸 제한이 생긴다고 해서 젊음을 매장해버릴 필요는 없습니다. '청춘'은 우리 안에 아이의 모습으로 남아있지요. 우리 안에 어린아이가 많을수록 차갑게 느껴지는 삶 속에서도 훨씬 풍요롭게 살아갈 수 있답니다.

빌헬름 아인슬레에게 쓴 편지, 1912년

젊음을 지나치게 미화하거나 애서 젊어지려고 노력하는 것이 나는 별로 탐탁스럽지 않았어요. 본디 젊음과 늙음이란 보통 사람들에게만 있을 따름이지, 재능 있는 사람들, 남다른 사람들은 늙었다가 젊었다가 한답니다. 한순간에도 기뻤다가 슬펐다가 하는 것과 마찬가지로요.

빌헬름 쿤체에게 쓴 편지, 1930년 12월 17일

흰 구름

오 봐요, 푸른 하늘에

잊힌 아름다운 노래의

나직한 멜로디처럼

흰 구름 두둥실 떠가네요!

오랜 여행길에

방랑의 모든 아픔과 기쁨을

알지 못하는 가슴은

저 구름을 이해하지 못할 거예요.

나는 태양과 바다와 바람처럼

저 하얀 구름을,

한곳에 머물지 않는 흰 구름을 좋아합니다.

고향 없이 떠도는 사람들에겐 저 구름이

누이이고 천사들이기 때문이죠.

1902년

8 August

삼복더위

바싹 말라버린 금작화 비탈에서처럼 이제

갈색 돌에서, 금빛 먼지에서,

노랗게 변하는 아카시아 잎에서

여름은 맹위를 떨치고

스스로를 불태우네!

마른 콩깍지에선 까만 알갱이들이 버스럭대고

저녁 별들은 과숙한 과일처럼

무겁게 하늘에 달렸네.

하늘은 열이 오르듯 쿡쿡거리며

억눌린 날씨로 푹푹 삶아지네.

기쁜 소나기 내릴 때

삶이 촉촉하고 즐겁게 내달렸던 곳에서

여름은 맹렬하게 언덕 위로

헐떡이며 올라가네. 여름은 지속하려 하지 않네.

여름은 도취와 희생의 행복을 갈망하네.

그를 부르는 죽음 앞에

헤르만 헤세의 수채화 팔레트. 〈사진 : 이자 헤세-라비노비치〉

여름은 야윈 말을 타고 질주하네.

지치고, 시들고, 다 타버린 땅을 남겨둔 채.

딱딱하게 버스럭버스럭, 유리처럼 덜그럭덜그럭

나뭇잎과 풀은 신음하며 몸을 쭉 뻗네.

1933년

인간은 많은 괴로움을 겪고 쓰디쓴 맛을 봐야만 결국 부드러워지고 조용해지죠……. 로켓이 훨씬 멋져요. 가장 멋진 순간에 슈우욱 하고 사라져버리니까요.

스위스의 화가이자 그래픽 아티스트
에른스트 크라이돌프에게 쓴 편지, 1916년 4월 25일

08
02

예술가들과 같이 개성이 강한 사람들에겐 마흔에서 쉰까지의 10년간이 언제나 위기의 시절이지. 인생과도 자기 자신과도 화해하기 힘들고 불안한, 무엇보다 불만족스러운 시절이거든. 하지만 그 시절이 가면 평온이 찾아와. 젊어서 끓어오르고 투쟁하던 시절은 아름답지만, 늙어가고 성숙해지는 시간도 나름 행복하고 아름답단다.

아들 브루노에게 쓴 편지, 1955년 12월

늦여름

늦여름은 여전히 매일매일

달콤한 온기 담뿍 선물하네.

산형화繖形花 위에선 나비 한 마리

피곤한 날갯짓하며 나풀나풀

비로드같이 부드러운 금빛을 뿜네.

저녁과 아침은 아직 미지근한 수증기 품은

엷은 안개로 축축하게 숨을 쉬고

불현듯 햇살 환히 받은 뽕나무는

부드러운 푸르름 속으로 노랗고 큼지막한

 이파리

하늘하늘 떨구네.

햇살 내리쬐는 돌 위에는 도마뱀이 쉬고

포도는 포도나무잎 그늘 속에 몸을 숨겼네.

세계는 홀린듯 잠과 꿈에 취하여

자기를 깨우지 말아 달라 하네.

그렇게 이따금 음악은

황금빛 영원으로 화하여

여러 박 동안 흔들리다

마침내 깨어나 마법에서 몸을 빼어

다시 변화하는 마음으로, 현재로 되돌아오네.

우리 나이 든 이들은 울타리 곁에 서서

 수확을 하며

여름 동안 그을린 손에 따스한 햇살 세례를 받네.

아직 낮이 웃고 있다네, 낮은 아직

 끝나지 않았다네.

지금, 그리고 이곳이 여전히 우리를 다독여주네.

1940년

노화는 자연스러운 과정이에요. 예순다섯이나 일흔다섯 먹은 남자는 자기가 더 젊은 사람처럼 살려고 하지 않는 이상은 서른이나 쉰 살처럼 평범하고 건강하게 살 수 있어요. 하지만 유감스럽게도 사람은 늘 자기 나이와 같은 수준에 있지는 않아서 내면이 자기 나이보다 더 성숙한 사람도 있는가 하면, 자기 나이에 비해 뒤처지는 사람들도 많답니다. 그처럼 사람이 신체 나이에 비해 정신적으로, 감정적으로 성숙하지 못하면 자기가 할 수 없는 일을 스스로에게 요구하게 되지요.

스위스의 화가
한스 슈투르체네거에게 쓴 편지, 1935년 3월

08
05

여름이 절정을 넘기면

산울타리에선 실처럼 하얀 아지랑이

 피어오르네.

길가의 마가렛 뽀얗게 먼지 뒤집어쓴 채

누레진 별을 달고 고단하게 서있네.

마지막 낫들, 밭으로 향하고

피로와 죽음의 의지로부터 나오는 건

깊고 깊은 고요.

자연은 그리도 내몰린 삶 뒤에

항복하고 쉬는 것 외에 아무것도 하고자

 하지 않네.

1905년

모든 인간은 자기 안에 무언가를 가지고 있고, 모두가 할 말이 있다. 하지만 중요한 것은 언어로든 색깔로든 소리로든, 침묵하거나 더듬지 않고 하고 싶은 말을 정말로 하는 것이다! 시인 아이헨도르프는 위대한 사상가가 아니었고, 화가 르누아르도 어마어마하게 심오한 사람이 아니었을 터! 그러나 그들은 자기들이 하고 싶은 말을 온전히 표현했다. 그게 어려운 사람은 포기하지 말고 계속 연습해야 할 것이다. 자기도 무언가를 할 수 있을 때까지, 무언가가 잘될 때까지.

〈수채화 그리기〉, 1927년

사람은 성숙해가면서 점점 더 젊어진다. 별로 중요한 말은 아니지만, 나도 그러하다. 나는 여전히 소년 시절의 생의 감정을 기본적으로 간직하고 있어서, 어른이 되고 나이 먹어가는 것이 늘 일종의 코미디처럼 느껴졌다.

베르너 쉰들러에게 쓴 편지, 1922년 1월 14일

헤르만 헤세, 한스 슈투르체네거의 유화. 1912년.

추억이라는 그림책, 경험이라는 보물! 이들이 없었다면 우리 같은 나이 든 사람들은 어떻게 되었을까요? 굉장히 가련하고 비참했을 거예요. 하지만 우리는 풍요롭답니다. 늙은 몸을 이끌고 그저 마지막을 향해, 망각을 향해 가는 것만이 아니라, 이 몸에 보물들도 함께 담아 가지요. 이 보물들은 우리가 숨이 다하는 날까지 살아서 빛을 발할 것입니다.

오토 코라디에게 쓴 편지, 1955년

08
09

모든 것은 지나가 버린다는 놀라운, 오, 그러나 슬픈 마법! 더 놀라운 것은 기억 속에서는 존재했던 것들이 그냥 지나가 버리거나 소멸되지 않는다는 사실. 과거가 기억 속에서 은밀히 살아가고, 영원하며, 계속 일깨워질 수 있다는 사실. 끊임없이 되살아나는 말 속에 살아 숨 쉬고 있다는 사실!

일기, 1955년 5월 14일

돌아보며

비탈에는 히스꽃 피고

금잔화, 갈색 빗자루 안에서 빼꼼히 쳐다보네.

오월의 숲이 얼마나 연한 초록빛이었는지

오늘 누가 알까,

지빠귀 노래와 뻐꾸기 울음 어떻게 울렸는지

오늘 누가 알까?

얼마나 매혹적인 소리였는지

벌써 잊히고 잠잠해졌다네.

숲속 여름 저녁 축제,

산 위에 뜬 보름달

누가 그것들을 기록하고, 붙들어놓았을까.

모든 것은 이미 산산이 흩날려 버린 것을.

곧 그대와 나에 대해서도

그 누구도 더는 알지 못하고, 더는 이야기하지

않게 되리.

이 자리에는 다른 이들이 살고

아무도 우리를 그리워하지 않으리.

우리는 저녁 별을

그리고 첫 안개를 기다리리라

기꺼이 피고 지리라

신의 커다란 정원에서.

1933년

08
—
11

젊음은 순식간에 떠나가고

사람은 더 이상 건강하지 않아

반추의 시간만

점점 늘어나네.

1956년

08
12

나이가 들면 자꾸 모순이 느껴져요. 한 해 한 해는 엄청나게 빨리 가는데 하루하루, 시간 시간은 거북이걸음을 할 때가 많단 말이죠.

오토 코라디에게 쓴 편지, 1943년 12월

세상은 우리에게 별로 많은 것들을 허락해주지 않아요. 때로는 야단법석과 불안으로만 이루어진 것처럼 보이지요. 하지만 풀과 나무는 여전히 자라고, 언젠가 대지가 모조리 콘크리트로 덮여도 구름의 유희는 여전할 거예요. 그리고 사람들은 여기저기에서 예술의 도움을 받아 신성에 이르는 문을 열게 될 거예요.

쿠르트 비발트에게 쓴 편지, 1949년 1월

08
14

세상의 길과 불화하는 사람은 쉬이 늙게 됩니다.

카를로 이젠베르크에게 쓴 편지, 1929년 10월 21일

289

08

15

어른은 아이를 마주하여 잘 알지도 못하면서 무작정 자기가 더 잘 안다고 여긴다. 그러다 결국 이처럼, 자기가 더 낫다는 느낌이 단지 깊은 무지에서 비롯되었음을 알아차린다.

〈흑인 조각상〉에 대한 비평, 1915년 7월

08
16

내가 심각하게 생각하는 단 하나의 문화적인 문제는 바로 학교예요. 이 생각만 하면 흥분하곤 하지요. 학교는 나의 많은 부분을 망가뜨렸거든요. 거기서 배운 거라곤 라틴어와 거짓말밖에는 없어요.

카를 이젠베르크에게 쓴 편지, 1904년 11월 25일

중요한 건 교사가 얼마나 많이 배웠느냐가 아니에요. 어떤 아버지가 단순한 말보다 더 신뢰할 만한 인간적인 모범을 보이지 않는 이상, 그저 똑똑하고 자녀 교육에 관심이 많다고 하여 좋은 양육자가 될 수 없는 것과 마찬가지죠.

한스 클렝크에게 쓴 편지, 1947년 8월

맹자는 "모진 말 한마디는 여섯 달 추위처럼 상처가 되고, 친절한 말 한마디는 겨울을 세 번 날 만큼 따뜻함을 준다"라고 했다. 모진 말의 힘, 모든 부정적인 것들이 미치는 영향력은 온화함, 우정, 사랑, 친절의 영향력, 그리고 긍정의 힘에 비하면 지극히 보잘것없다.

실스 마리아에서의 메모, 1958년

08
19

나는 교육을 그다지 대단하게 생각해본 적이 없어요. 인간이 교육을 통해 정말 변하고 개선될 수 있을까 늘 아리송했지요. 그보다는 미美와 예술, 문학의 부드러운 설득력을 신뢰했어요. 나 자신 또한 모든 공교육, 혹은 사교육보다 그런 것들을 통해 더 많은 배움을 얻었고, 그 덕분에 정신적·영적인 세계에 호기심을 가지게 되었거든요.

어느 소책자의 저자에게 쓴 편지, 1950년

08
20

많이 배운 사람은 더 많이 아는 사람일 뿐, 절대로 민중보다 더 영리하지 못합니다.

P. H. 바르덴에게 쓴 편지, 1950년 2월

여름 방랑

잘 여문 줄기 위
너른 황금빛 이삭들의 바다
바람에 일렁이네.
말발굽 소리와 낫질 소리
멀리 마을로부터 울려오네.

따뜻하고 향기 짙은 시간!
햇살의 열기에 몸을 떨며
황금빛 이삭의 물결 흔들거리며
잘 익어 벌써 추수될 채비를 갖추네.

이방인인 나, 정처 없이 떠돌며
지상에서 순례길을 걷네.
추수꾼 낫 들고 내게도 다가올 때
나 잘 여물어 베일 준비 되어 있을까?

1902년

인간은 고정적이고 불변하는 존재가 아니라 도리어 실험적이고 변화하는 존재다. 인간은 자연과 정신 사이에 놓인 좁고 위험한 다리에 불과하다. 가장 내적인 사명이 그를 정신 쪽으로, 신 쪽으로 몰아가고, 가장 내적인 동경이 그를 자연 쪽으로, 어머니 쪽으로 끌어당긴다. 이 두 힘 사이에서 불안하게 요동하는 것이 인간의 삶이다.

《황야의 이리》, 1927년

'자연 상태로 돌아가라'는 말은 인간을 잘못된 길로 들어서게 한다. 그 길은 늘 고통스럽고 가망이 없는 길이다.

《황야의 이리》, 1927년

오래된 공원

오래되어 버슬버슬 부스러지는 담벼락
틈새에는 이끼와 고사리
검은 주목朱木들 사이로 반짝이는
조각난 햇살 눈부시네.

바깥은 이글이글 끓어오르는 팔월
여기 이끼 낀 은신처에는
상큼한 향기를 풍기는 회양목 울타리
패랭이꽃 붉은 빛으로 핏물 들었네.

잔디 아래에는 검게 젖은 땅
기름지고 풍만하게 놓였고
위에는 늙고 앙상한 나뭇가지들
올망졸망 성글게 얽혀있네.

녹슨 빗장 너머에선

노래와 전설이 잠결에 속살대고

문은 누구도 이곳의 비밀을 누설하지 않도록

굳게 지키네.

1933년

08
25

시대정신과 환경에 순응하는 것도 물론 좋은 일이지만, 솔직함의 즐거움은 보다 더 크고 오래 간답니다.

〈여행 편지〉, 1925년 11월

08 / 26

행동은 미리부터 "내가 뭘 해야 할까?" 질문했던 사람에 의해 실행된 적이 없다.

〈차라투스트라의 귀환〉, 1919년

모든 민족은 다들 비슷비슷하게 어리석어요. 차이가 없지요. 중요한 건 개인이에요. 옳은 일이 일어날 것이냐, 어리석고 나쁜 일이 일어날 것이냐 하는 문제는 시스템이 아닌 개인에게 달렸습니다.

요안나 아텐호퍼에게 쓴 편지, 1947년 2월

인간은 이 땅의 통치권을 거머쥐었지만 좋은 통치자는 아니에요. 하지만 깨어있는 사람들과 선한 뜻을 가진 사람들은 그럼에도 자신의 본분을 다해야 하죠. 가르침과 설교를 통해서가 아니라, 각자 자기 반경에서 의미 있는 삶을 살고자 하면서 말이에요.

오토 하르트만에게 쓴 엽서, 1959년 12월 11일

밤비

잠들 때까지 들었어요,

그리고 그 소리에 깨어났죠.

지금도 들리고 느껴져요.

쏴쏴거리는 빗소리, 이 밤을 채우네요.

속삭이는 듯, 웃는 듯, 신음하는 듯

축축하고 서늘한 목소리들의 합창

부드럽게 흐르는 빗소리의 향연에

나는 매혹된 채 귀 기울입니다.

쨍쨍하던 맑은 날들의

그 딱딱하고 마른 소리가 떠난 자리에서

부드럽게 탄식하는 빗소리는

어찌나 은밀한 외침인지, 어찌나 행복한

애태움인지!

그리도 까칠한 척하던

교만한 마음속 깊숙이에서 이렇게

흐느낌, 그 어린아이 같은 기쁨이

눈물, 그 사랑스러운 샘이 터지고

흐르고, 울고, 금지령을 풀어

침묵했던 말을 할 수 있게 해주고

새로운 행복과 괴로움에 길을 터주며

마음을 넓혀줍니다.

1933년

08
30

삶이 의미가 있는지, 없는지는 내가 결정할 소관이 아니라고 생각해요. 하지만 내게 주어진 유일한 인생을 어떻게 사느냐 하는 건 내 책임이라고 봐요.

G. D.에게 쓴 편지, 1930년 7월 15일

다가올 질서의 기초는 오늘날 우리가 치른 희생 만큼 튼튼할 것입니다.

독일의 작가

빅토르 비트코프스키에게 쓴 편지, 1936년 2월

„Föhn"

14. Sept. 14

그림 그리는 헤르만 헤세, 1929년경. 〈사진 : 브루노 헤세〉

구월의 정오

파란 낮이 한 시간
하늘 정점에서 쉬어 가네.
그 빛 만물을 감싸 안네.
꿈에나 볼법한 모습으로.
세상은 그늘 없이
파란빛, 황금빛에 잠겨
맑은 향기와 무르익은 평화 속에 거하도다!

만약 이런 풍경 위로 그늘이 드리운다면

그대 그런 생각을 하자마자
황금빛 시간은 어느새
가벼운 꿈에서 깨어나고
태양은 고요히 웃으며 빛바래어 가네.
궤도를 그리며 점점 서늘해져가네.

1905년

요즘에는 희한해요. 대목 장날마냥 소란스럽고 허풍이 가득한 이 시대의 분위기를 못 견디고, 개인적이고 의식적인 삶을 지향하는 인간은 너무나 고독해지거든요.

에르나 클레르너에게 쓴 편지, 1938년 4월

09
02

고독은 운명이 사람을 그 자신에게로 인도하는
길이다.

〈차라투스트라의 귀환〉, 1919년

09
03

호수와 습지의 따스한 황금빛!

이 온화한 날들에 명민한 눈으로

감사를 느끼며 그 빛을 보는 사람은

마음에 그 빛을 담아 가도 좋아요.

〈이달의 금언〉, 1906년

09 04

개성이 있는 사람의 면모는 평소 익숙한 삶의 반경에서 물러나, 뭔가 새로운 것 앞에 설 때 가장 분명하고 순수하게 드러난다.

《에른스트 크라이돌프의 그림책》 서평, 1908년

09
05

좋아하는 것에 연연하고 집착하면서 그것을 성실이라 여기는가? 그건 나태함일 따름이다.

〈꿈의 집〉, 1914년

09
06

그대가 행복을 좇고 있는 한, 그대는 아직 행복을 누릴 준비가 되어있지 않은 것이에요.

그대가 잃어버린 것을 아쉬워하고 애석해한다면, 그대는 아직 평화가 무엇인지 알지 못하는 것이에요.

시 〈행복〉, 1907년

여름의 절정

저 멀리 녹음은 벌써 옅어졌다.

생기를 잃고 듬성듬성해져

달콤한 마법의 색깔을 띤다.

구월만이 지어낼 수 있는 그 색깔을.

무르익은 여름은 밤사이

축제를 위해 스스로를 물들인다.

모든 것이 완성되어 웃으며

기꺼이 죽어갈 그때를 위해.

너 영혼아, 이제 시간에서 벗어나라.

너의 근심에서 벗어나라.

그리고 비행을 준비하라,

고대하던 아침을 향하여.

1933년

09
08

오늘날과 같은 어려운 시대의 요구 앞에 우리가 적절히 인간적이고 품위 있게 처신한다면 우리의 미래도 인간적일 수 있을 겁니다.

〈편지를 대신하여〉, 1946년

우리가 다시금 우리의 미래를 책임저줄 훌륭한 정신들과 인물들을 원한다면, 정부 조직과 정치 제도를 손보기에 앞서 인격을 형성하는 것부터 시작해야 한다. 그게 먼저다.

〈차라투스트라의 귀환〉, 1919년

작가를 대중 연설가로, 철학자를 장관으로 만든
다고 해서 세상이 더 빠르게 진보하지는 않을
것이다. 한 사람 한 사람이 소명으로 받은 일, 자
신의 기질에 맞는 일, 그리하여 즐겁게 잘할 수
있는 일을 묵묵히 해낼 때 세상은 두루두루 진
보할 것이다.

〈살인하지 말라〉, 1919년

왜 배나무더러 복숭아 열매를 맺으라고 하지요? 어찌하여 자기 자신이 아닌 다른 사람들을 가르치고 개선시키려 하나요? …왜 세상의 분쟁과 고통을 줄이지는 못할망정 도리어 더 늘리려 하는 거죠?

알베르트 발라트에게 쓴 편지, 1953년 8월

구월의 비가

산속 숲에는 벌써 갈색 잎이 흩날리고,

어둑한 나무들 사이에선 장엄한 비의 노래

울려 퍼진다.

친구들아, 가을이 가까웠구나. 벌써 가을이

숲 한 켠에 숨어 눈치를 본다.

간혹 새들만 날아들 뿐 들판도 텅 비었구나.

그러나 남쪽 비탈에선 막대에 매달린 포도송이

파랗게 익어가고

축복받은 그 품엔 정열과 은밀한 위로가 깃든다.

아직 촉촉하고 싱그러운 초록빛을 띤 모든 것은

이내 퇴색하고 얼어붙게 되리. 안개와 눈 속에서

스러져가리.

몸을 덥혀주는 포도주와 테이블 위에서

미소 짓는 사과만이

여름과 햇살 뜨겁던 날의 광휘를 품었네.

그렇게 우리의 감각도 나이 들어, 겨울이

우물쭈물 찾아오면

따스한 열기에 감사하며 기꺼이 추억의

포도주를 맛보리라.

흘러간 날들의 축제와 기쁨은 훨훨 날아가

버리고

행복의 그림자들은 침묵의 춤을 추며 유령처럼

마음속을 배회한다.

1913년

수채화를 그리며, 1929년경.〈사진: 브루노 헤세〉

09
13

대부분의 직업, 특히 '잘나가는' 직업은 조직을 짤 때 이기적이고 비겁하며 편한 걸 좋아하는 인간의 본성을 감안한다. 대충대충 일하며 윗선에 고개를 조아리고, 높은 자리에 계신 분을 모방하면 수월하다. 반면 책임감을 가지고 열심히 일하고, 애쓰는 사람들은 굉장히 힘들다.

〈직업과 삶〉, 1921년

09
14

신은 우리 각자와 더불어 무언가를 의도하고, 또 시도할 것입니다. 우리가 그 뜻을 받아들이지 않고, 그 일의 실현을 돕지 않는다면 하느님께 대적하는 셈이겠지요.

독일의 작가이자 시인
레오폴트 마르크스에게 쓴 편지, 1941년경

음악가가 음으로 연주를 하는 것처럼 하느님은 우리와 더불어 연주를 하십니다. 우리는 최소한 우리의 음을 노래하려고 하지요. 가능하면 모든 이가 온전히 자기의 음을 내어야 합니다. 이런 소리들이 모여 사랑하는 하느님을 위한 협주곡이 탄생하기를 바랍니다.

틸리 바스메어에게 쓴 편지, 1932년 1월

09
16

인간의 존엄성은 도달할 수 없는 것을 목표로 삼을 수 있다는 데 있다. 그런가 하면 인간의 비극은 세상 돌아가는 형편과 살아가는 방식이 자기 마음과 맞지 않아도 살아내야 한다는 것이다.

루돌프 다우르에게 쓴 편지, 1954년 1월

나는 세상이 돌아가는 모습에 저항하고 시간적으로, 실제적으로 가능한 것들을 넘어서는 요구를 내세우는 것이 작가의 권리, 아니 의무라고 생각한다네. 세상의 업적과 성취는 늘 지금 가능한 범위를 훨씬 뛰어넘는 이상과 희망이 제기되었던 덕분에 가능했지.

한스 슈투르체네거에게 쓴 편지, 1918년 12월 29일

09
18

가능한 것이 탄생하려면 계속해서 불가능한 것을 시도해야 한다.

빌헬름 군더르트에게 쓴 편지, 1960년 9월

늦여름 나비들

수많은 나비들의 계절이 왔도다.

때늦은 협죽도夾竹桃 꽃향기 속에서 부드럽게

 나풀대는 나비들의 춤.

나비들, 말없이 파란 하늘을 헤엄쳐 오도다.

제독나비, 들신선나비, 산호랑나비

은줄표범나비, 은점표범나비,

수줍은 꼬리박각시, 붉은 밤나방,

신선나비, 작은 멋쟁이나비

알록달록한 색상, 모피와 벨벳으로 고급스레

 치장하고

보석처럼 반짝이며 날아오도다.

화려하게, 슬프게, 말없이, 몽롱하게

잃어버린 동화의 세계에서 왔도다.

이 땅에서 나비는 낙원의 목가적인 초지에서

 날아온

낯선 이방인, 꿀 이슬에 흠뻑 젖은 이방인.

꿈에서나 보는 동방의 나라,

 잃어버린 고향에서 온

잠시 살다 가는 손님들.

보다 고귀한 실존의 사랑스런 징표, 그것이

나비들의 영적인 메시지라 믿도다.

모든 아름다움과 덧없음의 상징이며

한없는 부드러움과 충만함의 상징이여.

여름 왕의 축제가 끝날 무렵 등장한

금빛 장식을 한, 우수 어린 손님들이여.

1933년

09
20

지난날을 돌이켜보면 생각대로 잘 안 되어 힘들고 고단했던 시절이 모든 것이 예상대로 쑥쑥 풀렸던 시절보다 내 인생에 더 약이 되었다. 나는 머리를 굴리기보다 인내심을 가져야 한다. 뿌리를 깊이 내리고 가지가 흔들리지 않도록 굳건히 서야 한다.

일기, 1920년(최종 버전, 1960년)

09
21

편안함이 끝나고 고달픔이 시작될 때, 삶이 우리에게 허여許與하려는 교육이 시작된다.

〈사랑의 길〉, 1918년

09
22

삶이 얄팍하고 어리석어지는 것은 우리가 우리의 싸움이 승산이 없다고 생각할 때가 아니다. 선과 이상을 위해 싸우며, 반드시 승리를 거머쥘 수 있다고 생각할 때 삶은 그 깊이를 잃고 얄아진다.

《황야의 이리》, 1927년

09
23

우리는 내면에 단단한 중심을 지니려 해요. 자신의 무게중심 말이에요. 정치와 전혀 무관한 자리에 있는데도 불구하고 분주하고 어수선한 삶을 살게 만드는 그 무의미한 원심력에 휘둘리지 않으려면 중심을 잘 잡아야 하거든요.

쿠르트 리흐디에게 쓴 편지, 1948년

09
24

우리는 활동적 삶에서 명상적 삶으로 도피해서는 안 된다. 반대로 명상적 삶에서 활동적 삶으로 도피해서도 안 된다. 도리어 두 삶의 사이를 번갈아 이리 갔다 저리 갔다 해야 하고, 그 두 삶 모두를 거처로 삼아야 하며, 그 두 삶 모두에 참여해야 한다.

《유리알 유희》, 1943년

09
25

세상의 모든 고통에 공감하되, 너의 힘은 네가 애써도 소용없는 곳이 아니라 네가 구체적으로 도와주고, 사랑해주고, 기쁘게 해줄 수 있는 이웃들에게 향하게 하렴.

카롤리네 칼렌바흐에게 쓴 편지, 1956년 12월 22일

구월

정원은 슬픔에 잠겼네.
비가 차갑게 꽃들 속으로 스미네.
여름이 전율하며
조용히 자신의 마지막을 마주하네.

높은 아카시아 나무는
한 잎, 두 잎 샛노란 나뭇잎을 떨구고
여름은 스러져가는 정원의 꿈에 잠겨
당혹스레 힘없는 미소를 짓네.

여전히 한참을 장미들 곁에 서서
안식을 동경하던 여름은
서서히 그 크고
노곤한 눈을 감네.

1927년

09
27

인간의 업적은 언제나 과소평가하기보다 과대평가하는 편이 낫다.

메모, 1958년 8월

사람들은 적군을 쏘아 죽이는 군인을 부지런하고 성실하게 땅을 일구는 농부보다 위대한 애국자로 친다. 농부는 땅을 일구어 스스로 이윤을 얻기 때문이다. 우습게도 우리의 그 미묘한 도덕에서는 삶에 득이 되고 보탬이 되는 미덕은 의심스러운 것으로 여겨진다.

〈고집〉, 1917년

목표를 가졌고, 그 목표의 이유가 뚜렷하다면 호사스러운 삶은 얼마든지 포기할 수 있는 법이지.

카를 젤리히에게 쓴 편지, 1919년 3월 12일

09
30

신체적인 악습과 게으름은 정신적인 악습과 게
으름과 함께 간다.

《요양객》, 1923년

H -32

10 October

무상無常

생명나무에서 잎이 떨어지네

내게로 한 잎, 또 한 잎.

오, 어지럽고 현란한 세계여

너 얼마나 물리게 하는가,

너 얼마나 물리고 곤하게 하는가.

너 얼마나 취하게 하는가.

지금은 아직 뜨겁게 타오르는 것도

곧 사그라지리라.

내 갈색 무덤 위로

곧 바람이 휘몰아치리라.

어린 아기 위로

어머니 몸을 굽히네.

어머니의 눈, 나 다시 보려네.

어머니의 눈빛은 나의 별

다른 모든 것은 사라지고 날아가 버려도

모든 것이 죽어가도, 기꺼이 죽어가도

우리의 근원이신

영원한 어머니만은 남으리.

어머니의 손가락이 유희하듯

덧없는 허공에 우리의 이름을 적는다.

1919년

10
01

평화는 말할 수 없이 복잡하고 불안정하고 깨어지기 쉬운 것이다. 훅 불면 날아가는 것이 평화다. 서로를 의지하는 두 사람이 서로 진정 사이좋게 지내는 것만 해도 여타 윤리적, 혹은 지직 성취보다 더 힘들고 드문 일이다.

《전쟁과 평화》, 1918년

10
02

다른 사람의 목숨쯤이야 아무래도 좋은 사람들이 전쟁을 합니다. 그들은 다른 사람들이 가진 것들로, 다른 사람의 피와 생명으로 전쟁을 하지요. 우리가 그것을 어떻게 생각하는지, 얼마나 고통받는지 그들은 개의치 않아요.

쿠르트 리흐디에게 쓴 편지, 1948년

아무도 죄가 없어요. 총을 쏘고 세상을 불바다로 만들어도 아무도 죄가 없지요. 모두가 한낱 동원된 머릿수이자 주어진 역할을 빠릿빠릿하게 수행해내는 도구일 뿐, 인간이 아니니까요. 신을 의식하며 살아가는 도덕적이고, 책임감 있는 인간은 아닌 것입니다. 나는 이런 상태를 초래하는 일에 동전 한 닢 내어줄 수 없습니다.

독일의 저널리스트
샬로테 페테르젠에게 쓴 편지, 1944년 5월

10
04

개미도 전쟁을 한다. 꿀벌에게도 나라가 있다.
햄스터들도 재산을 모은다.

〈영혼에 대하여〉, 1917년

대포를 동원하는 쪽은 결코 옳은 편일 리가 없다.

에세이 〈꿈의 집〉, 1920년

10
06

신이시여, 나로 하여금 절망하게 하소서.

내게 절망하게 하소서.

그러나 당신에겐 절망하지 않게 하소서.

[…]

내 모든 자아가 송두리째 깨지거든

그것이 당신의 손길이었음을 보여주소서.

시 〈기도〉 중에서, 1921년

10
07

서로 세계관이 다르고, 가치관이 달라 싸운다는 게 나는 통 이해가 가지 않아. 나는 신앙을 가졌지만, 내 신앙은 다른 종교를 가진 사람들을 존중하고 인류의 삶을 더 좋게 만드는 일에 협력하는 데 전혀 방해가 되지 않거든.

아들 하이너에게 쓴 편지, 1946년 1월

10
—
08

모든 인간은 개성적이고 독특한 존재다. 개인적인 의식을 집단적인 의식으로 대치하려는 시도는 이미 폭력이며, 전체주의로 가는 첫걸음이다.

요아힘 프리드리히에게 쓴 편지, 1951년 6월

스케치 종이

저녁나절 회색빛으로 변한 마른 갈대에

가을바람 차갑게 버석거리고

까마귀들 버드나무에서 땅으로 내려앉네.

해변엔 한 노인 홀로 서서 한숨 돌리네.

머리칼 사이로 바람과 밤, 머지않아 내릴

 첫눈을 예감하며

그늘진 해안에서 환한 빛 속을 건너다보네.

구름과 바다 사이 길쭉한 해안이

빛 속에서 따스하게 빛나네.

꿈처럼, 시처럼 그윽한 황금빛 피안.

그 빛나는 광경, 눈에 꼭 담고 노인은

고향을 추억하네. 한창때를 되돌아보네.

이제 붉었던 노을빛도 빛이 바래 사그라지고

노인은 뒤돌아 천천히

버드나무에서 땅으로 걸음을 옮기네.

1946년

시월

나무들마다 노란빛, 붉은빛
아름다운 옷을 한껏 차려입었네.
그들의 죽음은 경쾌하고
고통을 알지 못한다네.

가을아, 내 뜨거운 심장을 식혀주렴.
내 심장이 좀 더 나긋나긋 뛰며
고요히 황금빛 날들을 지나
겨울로 나아가도록.

1908년

10
―――
11

왁자지껄한 사람들은 폭죽을 터뜨리고

그들의 포도주 틀엔 포도즙이 흐른다.

그러나 조용한 사람들은 마음 편히

그리고 고즈넉이 오래된 포도주를 즐긴다.

〈이달의 금언〉, 1906년

10
12

불의를 행하는 것보다 불의를 견디는 것이 더 낫습니다. 금지된 수단으로 원하는 일을 실현하려는 것은 잘못이지요. 이것은 바로 장군들이 범하는 어리석음입니다. 이런 말을 들으면 정치인들은 코웃음을 치겠지만, 이것이 누누이 입증된 오랜 진실입니다.

세이지 다카하시에게 쓴 편지, 1950년 9월 14일

10 **13**

조용히 세계 무대를 비판적으로 주시하는 개개인이 많아질수록 대규모 군중이 어리석음을 범할 위험이, 무엇보다 전쟁이 벌어질 위험이 줄어들지요.

A. St.에게 쓴 편지, 1932년경

사람들은 양심적 병역거부자들을 비웃지만, 나는 이런 사람들이 많아지는 것이 우리 시대에 가장 바람직한 현상이라는 생각이 들어요. 현역 군인 세 명에 공익 근무자 열 명의 비율이 되는 날이 올지도 몰라요. 그렇게 되면 전쟁 같은 짓거리는 자연스레 타고난 싸움꾼과 불한당 들에게 맡길 수 있겠지요. 하지만 우선 많은 사람들이 마음을 단단히 먹고 대중의 외침에 반대하고, 이의를 제기하며 병역을 거부할 용기를 내지 않는 이상은 이 모든 일은 결코 이루어지지 않을 거예요.

한스 슈투르체네거에게 쓴 편지, 1917년 1월 3일

혈통에 대한 찬양은 정신에 대한 모욕이 될 수 있고, 혈통에 대해 열심히 이러쿵저러쿵하는 것은 자신의 혈통이 아니라 다른 사람의 혈통을 두고 하는 말이라는 것을 깨달았다.

〈글쓰기와 기록〉, 1961년

독일인은 매우 감상적이에요. 이런 감상성이 드물지 않게 잔인성과 결합하는데, 그럴 때 독일인은 참아줄 수 없는 존재가 됩니다.

하인츠 프리바취에게 쓴 편지, 1939년 5월 23일

10
17

그들 위에 별이 떠있지 않을 때, 사람들은 야수가 됩니다. 하지만 우리는 어느 한 민족에게만 야만성을 뒤집어씌우고 비난해서는 안 될 것입니다.

프랑스의 문학가이자 사상가
로맹 롤랑에게 쓴 편지, 1932년 1월 15일

가을 소풍

가을 해는 저녁 쪽으로
기울고
호수는 금속성으로
반짝이누나.

봉우리는 하얀 얼음빛 속에
잠겼고
산바람은 가지에서
잎들을 쓸어 가누나.

바람과 햇살에
눈을 제대로 뜰 수 없는 차에
머나먼 과거의
기억이 말을 걸어오누나.

젊은 시절

여기저기 쏘다니던 즐거움

멀리, 아주 멀리서

새삼 밀려오누나.

1934년

헤르만 헤세, 1929년.

10
19

민족자결권으로 이익을 보려는 마음이 있을 때에만 민족자결권에 찬성하는 것은 왜일까?

〈평화가 올까?〉, 1917년

10
20

위대한 시대는 커다란 잿더미를 남긴다.

독일의 화가

프란츠 페터에게 쓴 편지, 1941년 12월 30일

다양성, 차별성, 상이성 만세! 다양한 인종과 민족, 언어, 사고방식, 세계관이 공존한다는 것은 참 멋진 일입니다. 나는 전쟁과 정복, 합병을 혐오하고 절대로 반대합니다. 그 이유는 바로 이 어두운 힘들이 다양한 역사적 전통과 개성적이고 서로 상당히 차별화되는 산물, 다시 말해 인류의 모든 문화를 희생양으로 삼기 때문입니다.

〈노벨 문학상 수상 기념 만찬에서 한 말들〉, 1946년

10

22

권력은 나병과 같습니다. 이 병에 옮으면 부지불
식간에 필연적으로 과오와 악을 행하게 되지요.

독일의 학자이자 사서
막스 슈테플에게 쓴 편지, 1948년

오늘날 정치적 이성은 더 이상 정치적 권력이 있는 곳에 있지 않습니다. 불행을 막거나 줄이려면 비정치적 영역으로부터 지능과 직관이 흘러나와야 합니다.

독일의 작가이자 정치인
빌헬름 볼프강 슈츠에게 쓴 편지, 1960년 2월

10

24

지성, 수단, 조직이 한데 모여 말도 안 되는 결과가 빚어지는 걸 보면 연신 혀를 차게 돼요. 반지성과 순진함의 조합도 그보다 덜하지 않아서, 민중들은 고통을 미덕으로 삼고 학살을 이데올로기로 여기지요. 인간은 이토록 잔혹한 동시에 이토록 순진하답니다.

독일의 작가이자 사회비평가,
1929년 노벨 문학상 수상자
토마스 만에게 쓴 편지, 1942년 4월 16일

10
25

너도 느꼈을지 모르겠지만, 내가 어떤 강령이나 정립된 '신념'을 거부할 때는, 다만 그것들이 사람들을 너무나 삭막하고 어리석게 만들기 때문이야.

아들 하이너에게 쓴 편지, 1937년 3월

10

26

나는 언제나 압제하는 자들에 맞서 핍박당하는 자들을 옹호하고, 판사들에 맞서 피고인들을 옹호하며, 탐식하는 자들에 맞서 굶주리는 사람들을 옹호합니다.

〈어느 공산주의자에게 쓴 편지〉, 1931년 11월

가을의 나무

나의 나무,

싸늘한 시월의 밤과 필사적으로 싸우네.

나무는 초록 옷을 좋아한다네.

초록 옷을 벗어야 하는 건 정말 괴로운 일.

행복한 계절 동안 입고 있던 그 옷

계속 입을 수 있다면 얼마나 좋을까.

또다시 밤, 또다시 추운 날

나무는 지쳐서

더는 싸우지 못하고 팔다리를

늘어뜨리고 낯선 의지에 맡겨버리네,

그 의지가 나무를 완전히 제압할 때까지.

이제 나무는 노랗고 빨갛게 웃음 짓네.

파란 하늘 아래 행복하게 쉬네,

기진해 죽음에 스스로를 내어주었기에

가을, 그 부드러운 가을이 그를

새로이 멋지게 꾸며주었다네.

1904년

장크트 모리츠에서 헤세와 토마스 만, 1932년.

10
—
28

한 작가가 정당에 들어가 김나지움 학생처럼 닥치는 대로 애를 쓰면 당은 그를 대대적으로 선전해줍니다. 정당에 소속되지 않는다면? 그런 작가는 존재감을 잃고, 부정적인 평가를 받을 때에나 이름이 들먹여지지요.

하인리히 비간트에게 쓴 편지, 1929년 4월 9일

10 / 29

마르크스와 나는 ─물론 마르크스가 스케일이
훨씬 더 크다는 것을 제외하고─ 다음과 같은
차이가 있습니다. 마르크스는 세상을 변화시키
려 하고, 나는 개개인을 변화시키려 한다는 것
이지요. 그는 대중을 향하고, 나는 개인을 향합
니다.

독일의 작가
헤르만 숄츠에게 쓴 편지, 1954년 1월 10일

10
30

'자본주의'가 지나갔음에도 공산당 치하의 인민들은 당의 간부들을 살찌우기 위해 여전히 노동하고 굶주립니다.

독일 정부 공무원이자 철도청 직원
베르너 하센플룩에게 쓴 편지, 1952년

10/31

공산주의, 민족주의, 군국주의가 형제가 된 이래로 동양은 내게 그 마법을 잃어버렸습니다.

살로메 빌헬름에게 쓴 편지, 1947년 8월

Hesse 19 11 November

시든 잎

모든 꽃은 열매가 되려 하고

모든 아침은 저녁이 되려 하네.

지상에서 영원한 건

변화와 무상함뿐.

가장 아름다운 여름조차

언젠가는 가을과 시듦을 느끼네.

잎사귀야, 바람이 너를 납치해 가려거든

꾹 참고 가만히 있으렴.

네 유희를 계속하며 저항하지 말지니

고요히 그저 내버려둘지니

너를 꺾는 바람이 너를 집으로

실어 가게 할지니.

1933년

인류를 바로잡으려는 건 별 가망 없는 일입니다. 그래서 나는 개인에게 믿음을 두지요. 개인은 교육할 수 있고 개선할 수 있으니까요. 세상에서 선한 것과 아름다운 것을 지켜온 것은 언제나 선한 뜻을 가진 용감하고 희생적인 소수의 엘리트들이었습니다.

독일의 인도학자
파울 헤커에게 쓴 편지, 1956년 6월 8일

한 집단의 강령과 각 개인의 인격은 별개야. 그래서 지식과 말로만 견해를 같이하는 '동지'들보다 때로는 다른 생각을 가진 '적'들과 함께할 때 더 즐거울 수 있고, 좋은 것들을 더 많이 배울 수도 있지.

2차 세계 대전에 참전한 독일군 소령
요아킴 바르투자에게 쓴 편지, 1932년 4월 8일

안개 속에서

이상하여라, 안개 속을 거니는 것은!
모든 덤불과 돌은 고독하고
어떤 나무도 다른 나무를 보지 못하네.
모두가 혼자라네.

내 삶이 아직 환했을 때는
세상이 친구로 가득했었지.
그런데 이제 안개가 내리니
그 누구도 보이지 않네.

피할 수 없게 모든 이로부터
살며시 사람을 갈라놓는
어둠을 알지 못하는 자,
정녕 지혜롭다 할 수 없으리.

이상하여라, 안개 속을 거니는 건!

인생은 고독한 것

어떤 사람도 다른 사람을 알지 못하네,

모두가 혼자라네.

1905년

11 / 04

나에게는 정치적 견해는 정반대여도 친구로 지내는 사람들이 많습니다. 반대로 정치적 견해는 같아도 도무지 친구가 될 수 없는 사람들도 많지요.

독일의 작가이자 의사
루드비히 핑크에게 쓴 편지, 1919년 4월 10일

스스로를 믿는 사람, 그저 순수하고 자유롭게 자신에게 주어진 몫을 살고자 하고, 그런 삶을 펼쳐나가는 것 말고는 더 이상 아무것도 바라지 않는 사람에게는, 오늘날 심히 과대평가되어 요란하게 떠받들어지는 돈과 권력이라는 수단은 그저 부차적인 도구에 불과하다. 돈과 권력이 주어져서 활용할 수 있다면 뭐 유쾌한 일이겠지만, 그것들은 결코 삶에 결정적일 수 없기 때문이다.

〈고집〉, 1917년

11
06

가까운 친구와 이웃들이 점차 저세상으로 떠나 여기보다 '저편에' 지인들이 더 많아지게 되면, 사람은 자기도 모르게 저편에 호기심을 갖게 됩니다. 그러다 보면 아직 이편에 굳건히 둥지를 틀고 사는 사람이 저세상에 갖는 그 두렵고 꺼림직한 태도가 많이 완화되지요.

토마스 만에게 쓴 편지, 1950년 3월 17일

11

07

나이 들어 자신이 나이가 들었다는 사실을 의식하는 사람은 (비록 기력과 힘은 쇠할지라도) 삶이 느지막이, 마지막까지도 매해 관계와 엮임의 망을 더 확장시키고 늘려가는 것을 보게 될 거예요. 기억이 깨어있는 한, 지나간 일들, 덧없는 일들 중 그 무엇도 소멸되지 않는다는 사실도 느끼게 될 테고요.

〈크리스마스 선물〉, 1955년

11
08

우리는 의미 있는 삶을 살고 싶어 해요. 하지만 생은 우리 스스로 부여하는 만큼만 의미를 지니지요. 이런 이야기는 모두 하나로 통해요. 바로 삶은 사랑을 통해서만 의미를 얻는다는 것. 즉, 우리가 더 많이 사랑하고 스스로를 내어줄수록 우리의 삶은 더 의미가 있어진다는 것입니다.

마리안네 베델에게 쓴 편지, 1956년 6월 1일

기를 쓰고 저항할수록, 나 자신과 내 운명을 한탄하며 바꾸려 할수록 으레 고통이 더 심해지는 경우가 많단다. 굴복하고, 내려놓고, 더 이상 생각하지도, 어떤 조치를 취하려 하지도 않는 것…. 모든 고통에 끝이 있음을 발견하기 위해 이것도 영 나쁜 길만은 아니야.

여동생 마룰라에게 쓴 편지, 1933년 1월

피곤할 때 잠들 수 있다는 것, 오랫동안 짊어졌던 짐을 내려놓을 수 있다는 것. 이 얼마나 값지고 놀라운 일인가.

《유리알 유희》, 1943년

11
11

저는 우리가 무無로 사라져버리지 않을 거라고 믿습니다. 선하고 옳은 것으로 여겨져서 행한 우리의 수고와 일이 헛되지 않을 거라고 믿습니다. 믿음은 신뢰하고 맡기는 것이지, 알 수 없는 영역까지 다 알려고 하는 게 아니니까요. 모르는 영역은 모르는 영역으로 남겨둬야죠.

막시밀리안 폰 비저에게 쓴 편지, 1937년 7월 24일

세상을 떠난 이들은 본질적인 것과 더불어 머물러요. 본질적인 것과 함께 우리에게 영향을 미치고, 우리가 사는 동안 우리와 함께 살아있게 될 거예요. 심지어 때로는 그들과 대화를 하고, 살아있는 사람들에게서 조언을 얻는 것처럼 그들에게서 조언을 얻을 수도 있답니다.

리디아 링크에게 쓴 편지, 1939년 1월 4일

사랑하는 사람을 잃었을 때 고통에 몸부림치고 슬퍼하는 건 자연스러운 반응이에요. 우리는 그렇게 애도와 고통의 첫 단계를 통과하지요. 하지만 그것만으로는 고인과 연결되기에 부족하기에 사람들은 제사를 지내고, 무덤을 장식하고, 묘석을 세우고, 꽃을 바치는 등 원초적 의식을 치러왔어요. 그러나 오늘날의 수준에서는 마음으로 제사를 지내야 합니다. 고인을 추모하고, 섬세하게 추억하면서 말이에요. 그러면 고인은 계속 우리와 함께할 것이고, 그의 모습은 오랫동안 간직될 것이며, 우리가 아픔을 통해 정신적으로 성장할 수 있도록 해줄 것입니다.

〈친한 친구의 죽음에 관한 말〉, 1955년

잘 있거라, 세상이여

세상은 산산이 조각나버렸네.
한때 우리는 그를 매우 사랑했건만
이제 우리에겐 죽음이
그리 놀랍지 않네.

세상을 비방해서는 안 되리.
세상은 다채롭고 거칠며
그 모습엔 아직도
태곳적 마법이 아른거리지.

우리는 감사히 작별하려네,
세상의 거대한 놀이로부터 벗어나려네.
세상은 우리에게 쾌락과 고통을 주었고
많은 사랑을 주었지.

잘 있거라, 세상아

다시 젊고 매끈하게 너를 꾸미렴.

우리는 이제 네가 준 행복과

슬픔으로 실컷 배가 불렀도다.

1944년

책상 앞의 헤르만 헤세, 1952년경. 〈사진 : 마르틴 헤세〉

11
15

한번 성숙의 여정에 발을 내디딘 자는 더 이상 실패하지 않는다. 오직 이기는 길밖에 없다. 어느 날 자신을 가두었던 감옥 문이 열린 것을 발견하고, 마지막 심박동과 함께 불완전한 상태에서 벗어날 시간을 맞이할 때까지.

〈기억을 위하여〉, 1916년

11/16

우리는 남아메리카와 아직 발견되지 않은 남태평양의 만灣들과 지구 극지방을 궁금해한다. 바람, 해류, 번개, 눈사태를 이해하고 싶어 한다. 그러나 그보다 훨씬 더 궁금한 것은 우리 실존의 가장 마지막이자 가장 대담한 경험인 바로 죽음이다.

〈방랑의 즐거움〉, 1910년

십일월

이제 모든 것은 스스로를 꽁꽁 싸매고
퇴색되어간다.
안개 낀 날들은 불안과 걱정을 배태하고
폭풍 치던 밤 지나간 아침엔 얼음 소리 사각사각
세상은 죽음으로 가득해, 이별에 눈물짓는다.

그대, 죽음과 복종을 배울지어다.
누구나 죽는다는 사실은 거룩한 지식이니
죽음을 준비하라──그러면 황홀하게
더 높은 삶으로 옮아가리라!

1921년

가을비

오, 비. 가을비.

산들은 잿빛 베일을 쓰고

늦가을 나뭇잎들은 피곤해 축 늘어졌네.

병약해져가는 한 해가 이별을 힘겨워하며

김 서린 창에 기웃거리네.

그대는 물이 뚝뚝 떨어지는 젖은 외투를 입고

추위에 떨면서도 밖으로 나갔지. 숲 저편에선

가을 물든 단풍잎들 사이로 두꺼비와 도롱뇽

잠에 취해 비틀비틀 걸어 나오네.

빗물은 그칠 줄 모르고

길 아래로 졸졸졸 흐르다가

무화과나무 옆 풀밭

참을성 많은 웅덩이들에 고이네.

골짜기의 교회 종탑에서는

머뭇거리던 종소리가

뎅그렁뎅그렁 고단하게 울리네.

막 무덤에 드는

마을의 한 주민을 위하여.

그러나 그대, 사랑하는 이여

무덤에 드는 이웃을 슬퍼 말라.

여름의 행복을

젊을 적 축제들을 너무 오래 슬퍼 말라.

모든 것이 경건한 추억 속에 지속되고

이야기로, 모습으로, 노래로 간직되는 것을.

더 고상한 새 옷을 입고 돌아올

귀환의 축제를 영원히 준비하는 것을.

그대여, 간직하고 변화하는 것을 도우라.

그리하면 그대 가슴에 신실한 기쁨의 꽃이

피어나리니.

1953년

살아오면서 나는 시대의 문제를 회피하지 않았습니다. 정치적으로 나를 비판하는 사람들이 생각하는 것과 달리 결코 상아탑 안에서만 살지 않았습니다. 그러나 우선적으로 마음이 가는 대상은 결코 국가나 사회나 교회가 아니고, 개개인이었습니다. 한 사람 한 사람의 인격, 유일하고 일률적이지 않은 개체로서의 인간이었습니다.

〈프랑스 학생들에게 보내는 인사〉, 1951년

11
20

나는 어떤 상황에서도 폭력 행사는 결코 안 된다고 생각합니다. 설령 '선'을 위한다는 명목으로 폭력을 사용할지라도 말입니다.

스위스의 산림 과학자
발터 쉐델린에게 쓴 편지, 1919년 8월 13일

11
21

획일화되는 것은 아무리 의도가 좋다고 하더라
도 자연에 위배되는 일입니다. 광신주의와 전쟁
을 불러오게 마련이지요.

〈젊은 예술가에게〉, 1949년

11
———
22

내가 지켜내야 했던 것은 기계화, 전쟁, 국가, 대의로 인해 계속 위협받는 '사적'이고 개인적인 삶이었어요. 영웅적이기보다 소소하고 그저 인간적으로 사는 일이 때로는 더 용기가 필요한 일이라는 것도 모르지 않았죠.

〈도난당한 가방〉, 1944년

11
—
23

나는 정치적인 일에는 일체 관심이 없어요. 안 그랬다면 이미 오래전에 혁명가가 되었을지도 모르지요.

스위스의 화가이자 그래픽 아티스트
막스 부허러에게 쓴 편지, 1917년 12월 25일

11
24

내 생각에 인간은 크게 고양될 수도, 크게 비열해질 수도 있어요. 반쯤 신 같은 경지까지 높이 오를 수도 있고, 반쯤 악마 같은 지경까지 타락할 수도 있지요. 그런데 정말로 훌륭한 일이나 야비한 일을 할 때, 사람은 제각기 자기 수준만큼 한다는 생각이 듭니다. 무의식중에 저마다 타고난 기준이나 질서에 대한 동경을 따르는 것으로 보여요.

전쟁 기간 중에 쓴 위로 편지, 1940년 2월 7일

친구의 부고를 듣고

덧없는 것은 빠르게 시들어간다.

시들어버린 세월은 빠르게 흩날려간다.

영원할 것 같아 보이는 별들이 조롱하듯

　바라본다.

우리 안의 영혼이 홀로

가만히 그 유희를 바라본다.

비웃지도 않고, 아파하지도 않고.

그에게는 '지나가는 것'과 '영원한 것'이

똑같이 중요하고, 똑같이 부질없다….

그러나 마음은

거역하며, 사랑으로 불타오른다.

그리고 시든 꽃 되어 몸을 맡긴다.

끝없는 죽음의 부름에

끝없는 사랑의 부름에.

1930년

손자 다비트와 함께, 1956년. 〈사진: 하이너 헤세〉

11
26

인생에 정해진 표준은 없어요. 삶은 모든 사람에게 서로 다른 유일무이한 과제들을 던져주죠. 미리부터 타고나는 쓸모없는 인생이라는 건 없어요. 아무리 약하고 가난한 이라도 자신의 자리에서 자기에게 주어진 특별한 임무를 받아들이고 실현하고자 애쓰는 가운데 존엄하고 진실된 삶을 영위할 수 있고, 타인에게도 의미 있는 존재가 될 수 있지요. 이것이 진정한 인간됨이에요. 비록 이러한 과업을 짊어진 사람이 남들 눈에는 절대로 그와 인생을 바꾸고 싶지 않은 형편없는 작자로 비친다 할지라도 말이에요.

레오폴트 마르크스에게 쓴 편지, 1941년경

11
—
27

새로운 것이 다 좋지는 않다. 그러나 좋은 것은
늘 새롭다.

앨범 메모, 날짜 미상

11
28

고집 있는 사람은 단 한 가지를 소중히 생각한다. 바로 자신 속의 신비한 힘, 바로 그를 살게 하고 성장하도록 하는 그 힘 말이다. 이 힘은 돈 같은 것으로 얻어지거나, 고양되거나, 깊어질 수 없다.

〈고집〉, 1917년

11
29

사려 깊은 사람은 적과 화목하지 않은 상태로는
한 걸음도 내딛지 않습니다.

오스트리아의 작가

오토 슈퇴슬에게 쓴 편지, 1910년 8월 4일

죽음 형제

너 언젠가 내게도 찾아오겠지
너 나를 잊지 않을 터이니
그러면 고통은 끝나고
굴레는 끊기겠지.

사랑하는 죽음 형제여,
너 아직은 낯설고 멀어 보이는구나.
나의 고단함 위에
서늘한 별로 떠있구나.

그러나 언젠가 너 다가와
활활 불타오르겠지.
오렴, 사랑하는 형제여, 나 여기 있으니
나를 취하렴, 나 너의 것이니.

1918년

12 December

생의 계단

모든 꽃이 시들듯, 모든 젊음이
늙음에 길을 비켜주듯
생의 모든 단계도,
모든 지혜와 모든 미덕도 자기의 때에
꽃을 피우나 영원히 지속되지는 않으리.

생의 모든 부름에서 마음은 이별과 새로운 시작을
준비해야 하리니.
그래야 슬퍼하지 않고 용감하게 또 다른 새로운 구속에
스스로를 내어줄 수 있으리라.

모든 시작에는 신비한 힘이 깃들어있어
우리를 지켜주고 살아가게 하네.

우리, 명랑하게 인생의 방들을 하나씩
통과해가야 하리라.

그 어느 방에도 고향처럼 마음을 두지

 말아야 하리라.

세계정신은 우리를 얽어매거나 속박하지 않고

우리를 한 단계 한 단계 고양하고 넓히려 하나니.

삶의 어느 한 자리에 고향처럼 편안하게

안주하자마자 해이해질 우려가 있으니

길을 떠나 여행에 나설 준비가 되어있는 자만이

우리를 무력하게 만드는 익숙함에서 벗어날 수 있으리라.

어쩌면 죽음의 시간마저도

새로운 방들을 향해 새롭게 우리를 보내리라.

우리를 향한 생의 부름은 결코 끝나지 않으리….

그러니 마음이여, 작별을 고하고 건강하여라.

1941년

정말로 힘든 시기에 우리를 실망시키지 않을 유
일한 것들은 위대한 정신, 예술, 그리고 자연이
선사하는 선물들이죠.

에르나 클레르너에게 쓴 편지, 1940년대

우리 같은 사람들은 사는 게 쉽지 않아. 종종 주변 세계가 야만적이거나 유치하게 느껴진단 말이지. 하지만 이런 환경에서 도망치거나 주변 사람들을 변화시키려 하지는 말아야 해. 도리어 주변에 우리가 가진 가장 좋은 것들을 최대한 주어야 하지. 또한 우리가 우리 몸의 도움을 받아 살아가고, 때로 신체가 우리 마음대로 되지 않을 때는 몸에 맞추어주는 것처럼, 주변 사람들과도 잘 지내면서 때로는 사람들에게 맞추어주고, 때로는 도움과 자극을 받으면서 잘 지내야 한다네.

헤드비히 바이너에게 쓴 엽서, 1938년

12
___
03

가치 있는 삶을 사는 이라면 그 누구도 자기만
족만을 추구하며 살지 않아요.

빌헬름 셰퍼에게 쓴 편지, 1907년 11월 1일

12 / 04

물론 수월하게 사는 듯이 보이고, 겉보기에 혹은 정말로 '더 행복한' 사람들도 아주 많이 있지요. 이들은 개성이 그리 강하지 않은 사람들, 매사 별 문제 없이 사는 무던한 사람들이에요.

독일의 작가이자 시인
레오폴트 마르크스에게 쓴 편지, 1941년경

12
05

특정 경계 내에서

고결한 순문학을 하는 사람은

종종 자신이 휘갈겨 쓰는 글의

결과를 생각하지 않는다.

1940년대

12

06

말하기 꺼려지는 많은 말들

인간은 그런 것들을 말해야 하지.

그런 말들은 언제나 침묵과 비밀에 부쳐지고

숨겨지고 미루어지고 연기되니까.

인간이 도무지 알고 싶어 하지 않는 것들

그게 바로 인간이 말해야 하는 것들이지.

1959년

십이월의 아침 시간

비가 엷은 너울을 드리우자

잿빛 베일 속에서 느릿한 눈송이들이 춤을 춘다.

저 위 나뭇가지와 철망에 매달리고

이 아래 창유리에 오도카니 앉고

서늘한 물기 속에 녹아 헤엄치고

축축한 흙냄새에 여릿하고 허허롭고

어렴풋한 무언가를 더한다.

졸졸 흐르던 물방울들을 잠시 멈칫거리게 하고

한낮의 햇살에

칙칙하고 창백한 빛깔을 선사한다.

이른 아침 불 꺼진 창들 가운데

아직 외로이 불 밝힌 창이 하나 있어

불그스레 따스한 빛 새어나온다.

창가로 다가온 간호사, 눈雪으로 눈타을 적시며

한동안 그대로 서서 창밖을 응시하다 돌아선다.

촛불이 꺼지자 벽은 더욱 잿빛을 띠어

창백한 아침 속으로 이어진다.

1937년

12

08

음악적인 느낌을 발견할 수 있는 곳에 머물러야 합니다. 함께 공명하는 느낌, 리듬 있게 살아가는 느낌, 화음처럼 어우러지는 느낌만큼 인생에서 추구할만한 것은 또 없거든요.

훗날 존경받는 교육가가 된
루트비히 렌너에게 쓴 편지, 1910년 11월 24일

12 / 09

음악은 원초적 힘과 깊은 치유의 신비를 가지고 있어요. 그래서 다른 예술보다 자연을 더 많이 대체할 수 있지요.

《요제프 크네히트의 네 번째 이력》, 1934년

**12
—
10**

모든 지식이 그렇듯, 우리의 지식은 늘어날수록
그 끝에 마침표가 아닌 물음표를 찍게 됩니다.
지식을 더해간다는 건 질문을 더헤긴다는 의미
이기도 하지요. 새로운 지식은 언제나 새로운
질문을 만들어내니까요.

한 독자에게 쓴 편지, 1936년

내게는 세상 모든 종교가 소중하고 존경스러워요. 모두가 인간의 가장 고귀한 능력인 경외심을 원천으로 하기 때문이지요. 그런데 나는 종교를 영적, 문화적 수준뿐만 아니라 관용의 정도에 따라서도 구분합니다. 그런 면에서 기독교는 유감스럽게도 친절하고 온화한, 관용적인 종교가 아니지요. 오히려 모든 이를 개종시키려 들고, 자신들에게만 구원이 있다고 주장하는 거만하고 폭력적인 종교라 할 수 있어요.

헤데 헤르츠베르크에게 쓴 편지, 1960년 5월

자연의 선물이 아닌, 인간의 정신이 창조해낸
많은 세계들 중에서는 책이라는 세계가 가장 위
대하다.

〈책의 마법〉, 1930년

12/13

상상하고 공감하는 능력은 사랑의 다른 이름입니다.

어느 여교사에게 쓴 편지, 1955년 2월

주님

그는 계속해서 인간으로 태어나서
경건한 척하는 귀에, 귀먹은 귀에 말씀하신다.
우리에게 다가왔다가, 다시금 우리에게서
 잊혀지신다.

그는 계속해서 외로이 일어서야 하고
모든 형제들의 필요와 동경을 짊어지고
늘 다시금 십자가에 못 박히셔야 한다.

하느님은 언제나 새로이 당신을 드러내신다.
천상의 존재가 죄인들의 골짜기로 내려오고
영원한 영이 육신이 되려 한다.

이즈음에도 계속해서
주님은 오고 계신다.
복을 내리기 위해

우리의 불안, 눈물, 질문, 탄식에

고요한 눈길로 마주하기 위해.

하여도 우리 그 눈길, 감히 마주 보지 못하리라.

오직 어린아이의 눈만이 감당할 수 있는

눈길이기에.

1940년

12

15

고통을 당신을 성장시키는 상이자 훈장으로 여기십시오. 더 높은 인간성으로의 일깨움이라 여기십시오.

R.v.d.O.에게 쓴 편지, 1932년 3월 2일

12 / 16

시민의 어리석은 두려움보다는 절망이 낫다. 그들은 자신의 돈지갑이 위험한 것을 보고서야 비로소 용감하게 행동한다.

〈차라투스트라의 귀환〉, 1919년

12/17

악惡은 언제나 사랑이 충분하지 않을 때 생겨나 지요.

독일계 스위스인 작곡가
빌 아이젠만에게 쓴 편지, 1941년

12
18

솔직한 건 좋은 것이다. 그러나 사랑이 없는 솔직함은 무가치하다. 사랑은 초연한 것이며, 이해하는 것이며, 아픔 속에서도 웃을 수 있는 것이기에.

〈사랑의 길〉, 1918년

12
19

아무리 이런저런 이유를 대봤자 인생의 많은 일
들은 오로지 여자 때문에 하게 되는 거라 해도
과언이 아닐 것이다.

〈빈둥거리는 날〉, 1926년

12
20

비슷한 길을 걷는 사람들이 만나면 온 세상이
잠시 고향처럼 보인다.

《데미안》, 1919년

즐거운 크리스마스 보내렴. 아무리 어지러운 시대라도 어린아이가 있는 집에서 크리스마스는 언제나 멋진 축제지. 나는 1918년 이후로 그런 크리스마스를 보낸 적은 없다만.

아들 마르틴에게 쓴 편지, 1950년 12월*

* 1950년, 헤세의 셋째 아들 마르틴에게는 다섯 살 난 딸이 있었다.

크리스마스는 산업과 상업을 위해 흥청망청 파티를 열 구실이 되어주는 모든 부르주아적 감성과 거짓, 백화점의 빛나는 상품들로 채워진 유독한 창고다. 크리스마스에서는 속으로 투덜대는 우편배달부, 평범한 가정의 크리스마스 장식을 한 나무 아래에서 열리는 당혹스러운 파티, 신문 특집면과 광고 비즈니스의 냄새가 난다. 달리 말해 주님의 이름을, 그리고 우리의 어린 시절에 대한 기억을 그렇게 끔찍하게 남용하지만 않았다면 훨씬 더 감흥없이 다가왔을 그 모든 것들에 대한 냄새를 풍긴다.

〈크리스마스를 앞둔 쇼윈도〉, 1927년

12
23

선물을 주고, 또 받는 일

늙은 소년을 기쁘게 합니다.

들이쉬고 내쉬는 숨처럼

감사와 선물 들이 오가네요.

1959년

겨울밤

벽난로 불길은 혀를 날름거리고
창밖은 흐린 하늘, 함박눈이 내린다.
고단한 하루를 마치며 애도하는 저녁 시간
지나간 여름의 시간들이 메아리친다.

어린 시절을 떠올리노라니
오래 잊었던 동화적 이미지 되살아난다.
종소리 울리자 아기 예수
은빛 신 신고 하얀 밤을 걷는다.

1921년

12/25 크리스마스 이브

어두운 창 앞에 한참을 서서
하얀 도시를 바라다보며
종소리에 귀를 기울였어요.
지금은 종소리마저 잦아들었네요.

이제 고요하고 순결한 밤이
창백한 은빛 달의 호위를 받아
차가운 겨울빛 속에서 꿈꾸듯
내 고독 속을 들여다보네요.

크리스마스!—깊은 향수가 나의 가슴속에서
용솟음치네요. 그리고 슬픔에 잠겨
아주 오래전 고요했던 시절을 생각합니다.
내게도 크리스마스가 왔으니까요.

그 후 어두운 열정으로 가득 차

나는 이 땅에서 쉼 없는 방랑길에 올랐죠.

지혜를 찾아, 황금을 찾아, 행복을 찾아

이리저리 쏘다녔답니다.

이제 난 지치고 기진맥진하여

나의 마지막 길 한 귀퉁이에서 쉬고 있어요.

저 멀리 아득한 푸르름 안에

고향과 젊음이 꿈처럼 놓여있네요.

1902년

행복한 가정생활을 하는 사람들은 친구로서는
별로 쓸모가 없는 법이죠.

독일의 소아과 의사이자 헤세의 학창시절 친구
케테 케어에게 쓴 편지, 1926년 12월

$\dfrac{12}{27}$ 내일에겐 아무 것도 요구하지 않고, 오늘에겐 오늘 그가 가져다주는 것을 감사히 받아들일 때에만 행복이 존재하죠.

올가 디너에게 쓴 편지, 1922년경

12
—
28

내일 우리에게 무슨 일이 닥칠지 모른다는 걱정 때문에 우리는 오늘을, 현재를, 그리하여 현실을 잃어버린다. 오늘, 이날, 이 시간, 이 순간에 그들의 온전한 권리를 허하라!

마들론 뵈머에게 쓴 편지, 1960년 8월 6일

행복은 '무엇'이 아니라 '어떻게'이고, 조건이 아니라 재능이다.

독일의 서정 시인이자 문학 평론가

카를 부세에게 쓴 편지, 1901년 9월 26일

삶에는 의미가 있고, 인간에게는 감당해야 할
고귀한 사명이 있다고 믿는 사람은 오늘의 혼란
속에서도 가치 있는 삶을 살아갑니다. 어떤 종
파에 속해있든, 어떤 징표를 믿든 상관없이 말
이죠.

만프레드 푼델에게 쓴 편지, 1961년 5월 19일

12
—
31

모든 예술의 시작은 사랑이다. 모든 예술의 가치와 규모는 무엇보다 예술가가 얼마나 사랑을 할 수 있는가를 통해 결정된다.

〈굴브란손의 스케치〉 리뷰, 1914년 2월

엮은이 | 폴커 미헬스 Volker Michels

1943년 독일에서 태어났다. 의학과 심리학을 공부한 뒤 1969년 독일의 주어캄프와 인젤 출판사에 입사하여 독일문학 전문 편집자로 일하기 시작했다. 동시대와 과거의 많은 삭가들의 원고를 펴내는 일에 헌신했으며, 특히 헤르만 헤세의 작품과 편지들에 깊이 천착하여 헤세의 문학적·예술적 유산을 백 가지가 넘는 주제로 분류하여 책을 펴냈다. 2005년에는 직접 편집한 스무 권의 헤세 전집 발간을 완료하기도 했다. 국내에도 그가 엮은《잃어버린 나를 찾아서》,《사랑할 수 있는 사람은 행복하다》,《화가 헤세》,《헤르만 헤세, 내게 손을 내밀다: 영혼을 울리는 치유의 메시지》,《헤르만 헤세의 사랑, 예술, 인생》,《어쩌면 괜찮은 나이: 오십 이후의 삶, 죽음, 그리고 사랑》,《헤르만 헤세의 나무들》등의 도서가 소개되어 많은 사랑을 받았다.

옮긴이 | 유영미

연세대학교 독문과와 동 대학원을 졸업한 뒤 전문번역가로 활동하고 있다. 인문, 사회과학, 과학, 에세이 등 다양한 분야를 번역하고 있다. 옮긴 책으로는《가문비나무의 노래》,《바이올린과 순례자》,《울림》,《왜 세계의 절반은 굶주리는가》,《부분과 전체》,《불확실한 날들의 철학》등이 있다.

매일 읽는 헤르만 헤세

초판 1쇄 발행 2023년 1월 10일

지은이 헤르만 헤세
엮은이 폴커 미헬스
옮긴이 유영미
펴낸이 이혜경

펴낸곳 니케북스
출판등록 2014년 4월 7일 제300-2014-102호
주소 서울시 종로구 새문안로 92 광화문 오피시아 1717호
전화 (02) 735-9515
팩스 (02) 6499-9518
전자우편 nikebooks@naver.com
블로그 nikebooks.co.kr
페이스북 www.facebook.com/nikebooks
인스타그램 www.instagram.com/nike_books

한국어판출판권 ⓒ 니케북스, 2023

ISBN 979-11-89722-66-1 (03850)